ブレーキ

山田悠介

角川文庫
19170

目次

ビンゴ

グニャリ。

震えていた右手に生ぬるいぬめりが広がる。

午前九時を告げる鐘が、けたたましく鳴り響いた。はっと目が覚めると、てのひらにじっとりとした汗を握りしめている。

十五日の朝を迎えていた。

「本波力《もとなみちから》！」

看守の厳しい声が遠くの方から耳に届いた瞬間、正哉《まさや》は背筋をピンと張った。間もなくこの独房の扉も開かれ、午前九時半になれば、一つ目の玉が看守長の口から発表されているだろう。

「はい！」

先程の人間が、独房の中から出たようだ。「今日の番号は十一番だ！　すみやかにつけなさい」

本波の返事の後、少々の間が置かれた。きっと黒で11と書かれた白いゼッケンをつけているのだろう。

「高橋賢一《たかはしけんいち》！」

「はい！」

隣の独房の扉が開き、看守とのやり取りが聞こえてきた。

次は自分だと理解した途端、心臓が激しく動き出した。正哉は胸に手をあてて、落ち着けと自分に言い聞かす。が、まるで赤いものを見て狂った闘牛のように、心臓は激しく暴れまくっていた。

「今日は十二番だ！　すみやかにつけなさい」

「はい！」

そして、少々の間が置かれた後、正哉が入れられている独房の前で、コツコツという足音が止まり、扉が開かれた。

「熊田《くまだ》正哉！」

布団の上で正座しながら、昨日から降り続いている大粒の雪を格子ごしに見つめていた正哉は、瞼《まぶた》を閉じ辺り一面に広がる白銀の世界を夢みた。

もうじき、その景色も夢ではなくなる。あと少しでここから抜け出せる。

真弓《まゆみ》………。

「熊田正哉！　聞こえないのか！　返事をしろ！」

看守の怒声を背中に浴びて、正哉は大きく深呼吸をしてから立ち上がった。

「はい！」

「呼ばれたらすぐに返事をするんだ！　廊下に出ろ！」

「はい！」

制帽を深く被《かぶ》り、制服を着こなした看守に返事をして、正哉は独房から薄暗い廊下に出た。

「今日の番号は十三番だ！　すみやかにつけなさい」

「はい！」

今日は十三番かと心の中で呟《つぶや》き、正哉は看守からゼッケンを受け取ると、13と書かれたそれを囚人服の上に重ねてつけながら、ほんの小さくガッツポーズをとった。

もしかしたら、本当に免れるかもしれない。希望の光が、見えてきた。

「何をぐずぐずしている！　列に並べ！」

「は、はい！」

その怒鳴り声に正哉は背筋をただして、両手を差し出した。ひんやりとした鉄の感触にビクリと身震いする。看守は何も言わず、手錠をカチャリとはめこんだ。

自由を奪われた正哉は、既に廊下に並んでいる人間の列についた。後ろでは、なおも呼び出しが続けられていた。十五番の人間が列の最後尾についたところで、まずはこの五人で部屋に移動させられる。

正哉は覚悟を決めた。

「よし！」

そして小さく意気込み、顔を上げた。がその途端、拍子抜けしてしまった。前に立つ十二番のゼッケンをつけた男が、顔をこちらに向けて不気味な笑みを浮かべていたのだ。

「なあ兄さん。あんた、今日で最後なんだって？」

正哉は看守に注意を払い、気づかれないように小さく頷《うなず》いた。

「まあ」

「俺はな、今日が十一回目なんだ。今日セーフになって、来月セーフなら、俺もこっから抜け出せる」

だからどうした俺に話しかけるな、と正哉は心の中でそう吐き捨てた。

「まあお互い頑張ろうや」

「おい！　そこ！　何をコソコソとやっている！」

後ろから飛んできた看守の声に正哉は敏感に反応し、背筋をピンとまっすぐに張った。前の男は、何事もなかったかのように、正面に向き直っていた。

近づいてくるコッコッという足音に、正哉はまずいと舌打ちをした。

「おい！　高橋！　熊田！　お前達、今何を話していた！」

「いえ！　何も」

看守の目は見ずに、正哉はそう言い張った。こんな男のせいで、今までの苦労を水の泡にする訳にはいかなかった。どうしてもここから抜け出さなければならないのだ。看守がなめ回すようにジロジロとこちらの顔を見ているのが目の端からうかがえたが、決して目を合わせなかった。

「次また妙な動きを見せたら、お前達はどうなるか分かっているな」

「はい！」

正哉がすぐに返事をしたのに対し、十二番の男は黙ったままだった。

「高橋！　返事は！」

「はい」

十二番が気怠《けだる》そうに返事をすると、看守は列の先頭に歩を進めた。どうやら今回は見逃してくれそうだと安堵《あんど》した、その矢先だった。看守が背中を向けて先頭に歩を進めているその隙をついて、十二番の男がまた振り向いたのだ。正哉はすぐに前を向けと顎《あご》をしゃくって指示したのだが、十二番はなかなか動こうとしない。

前を向け！

思わず両手を突き出すと、手錠をかけられた手首に、食い込むような痛みが走った。十二番は何の危機も感じていないように、ニヤリと微笑んで向き直った。しかしその余裕とは逆に、両手は震えている。

一体何なんだと正哉は深い息を吐いて、ガックリと肩を落とす。

ここはイカれた人間が多すぎる。

「それでは最終確認をする！　番号を呼ばれた者は大きな声で返事をしろ！」

列の先頭に立った看守はそう言って、一人ひとり名前と番号を呼び上げた。

この最終確認が終わった後、運命を決するゲームが開始される。もう、後戻りはできない。廊下の空気が、一気に緊張の色へと変わった。

「以上！　十一番から十五番！　これより地下二階の部屋へと向かう！　ついて来い！」

こうして看守を先頭に、ゼッケンをつけた五人は行進した。

ガラガラガラガラ――。

正哉の頭の中に、その音が染みついていた。

看守を先頭に正哉たち五人は、一階から階段をおりて、地下二階の廊下を進んだ。静まり返った地下二階の廊下は一階の廊下よりも薄暗く、まるでこの通路が正哉たちを死へと導いているようだった。

「全員、止まれ！」

看守が部屋の扉の前で軍隊のように両足を揃えてピタリと止まった。同時に五人も一定の間隔をあけて歩みを止めた。それを確認した看守が部屋の扉を二度ノックする。

「失礼します！」

廊下で待たされている五人は命令が出るまで部屋の中に入ってはいけなかった。

「ただいま十一番から十五番を連れて参りました」

「ご苦労」

その声の後、再び廊下に出てきた看守に五人は命令をうけた。

「それでは一人ずつ部屋に入れ！」

その言葉に、正哉は息を呑《の》んだ。

今日で十二回目のはずなのに、この一言にいつもビクついていた。今日で死ぬかもしれない、今日が最後なのかもしれない、とあれこれ考えてしまうのだ。

「十三番！　入れ！」

「は、はい！」

看守のその声にハッとした正哉は、前にいた十一番と十二番が部屋の中に入った事に気がつき、背中を押されるようにして廊下とは全く逆の明るい部屋の中に入った。

コンクリート打ちっぱなしのこの部屋は、学校の教室くらいのスペースで、その中には木の机と椅子が縦に五列ずつ、横に五列ずつ並んでおり、その二十五の席に番号順で縦に座っていく。もう既に一番から五番で縦に一列、二列目に六番から十番で同じく一列と、ゼッケンをつけた男達が席についていた。そして、十一番と十二番が三列目に座ろうとしていたので、正哉も続いて歩を進めた。まだ左隣の列は到着していなかった。正哉にとっては今日で最後のゲームとなるこの日、ちょうど真ん中の席に座る事になった。これが結果として良かったのか悪かったのかなど、誰も知る由もない。

椅子に深く腰掛けて、太股《ふともも》に両手を添えたまま、部屋の一番前に作られた壇上に立つ、制服を着た看守長をじっと見据えて、正哉はその時を静かに待っていた。肝心のゲームを行う道具はまだ用意されてはいなかった。二十五番までの全てが集まってから、準備は始まるのだ。

新たな看守が部屋の中に入ってきたので、正哉は壇上に立って男達に睨《にら》みをきかせている看守長から扉の方に視線を向けた。

「ただいま十六番から二十番を連れて参りました！」

間もなく、十六番、十七番とゼッケンをつけた男達が部屋の中に入ってきた。

「さあ早く入れ！　ぐずぐずするな！」

ゼッケンを引っ張られて部屋の中に引きずられた十八番の男と、正哉は目があった。すぐに目をそらしたのだが、気になったのでチラリとうかがうと、男はフラフラと歩きながら尚《なお》もこちらを見据えていた。十八番は正哉の左隣に腰掛けたのだが、何を考えているのか、フッとこちらに不気味な笑みを浮かべた後、腕を組んで目を閉じてしまった。この男は、どうしてこんなにも落ち着いているのだろう。この中にいる全員が死に怯《おび》えているはずだというのに。自分など、脳みそを銃弾がぐしゃりと突き破る幻聴が耳から離れず、悩まされ続けているというのに……。

死が、怖くないのだろうか。

「ただいま二十一番から二十五番を連れて参りました！」

「ご苦労」

看守長が部下の看守にそう言葉を返すと、最後の列が部屋の中に入れられ、順番に椅子に座らされた。そして二十五番が着席したところで全て揃った。この風景を見る限り、今にも部屋の中にチャイムが鳴り響き、授業が行われるのではないかと勘違いしてしまいそうだが、勿論《もちろん》これから行われるのは授業などではない。生きるか死ぬかを決める、ゲームなのだ。

正哉を含むこの二十五人の男達は、重い罪を犯して裁判で死刑と判決を下された『死刑囚候補者』達である。この国では死刑という判決が下りてもすぐには執行せず、まずは死刑囚候補者収容所に送り込む。そして、彼らに一つのチャンスを与えるのだ。それが、ビンゴである。

いくつもある死刑囚候補者収容所のうち、正哉が入れられているこの収容所には今現在、五十人の死刑囚候補者達が独房の中に入れられている。普段は様々な労働をしながら服役しているのだが、毎月十五日になると地下二階のこの部屋に二十五人を一組として集め、その一人ひとりに毎回違う番号のゼッケンをつけさせて、ビンゴを行う。ルールは簡単で、看守長が八角形の真っ黒いボックスをジャラジャラと回し、その中から出てきた玉と同じ番号のゼッケンをつけている者が×とされる。だが、×になったからといって、その人間が即死刑になる訳ではない。×が縦か横に揃った列の人間達が死刑となる訳だ。ちなみにダブルビンゴ、つまり縦列と横列が交差して揃ってしまった場合、九人の候補者達が死刑となる。ただこのゲームでは一列揃った時点で終了となるので、ダブルビンゴが出た例は少ない。それに斜めのビンゴは認められないので、端や真ん中にいたからといって不利になるような事もない。

こういったルールのもと、月に一度ビンゴを行い、一年間、要するに十二回連続でビンゴを免れれば無罪放免となる。ただ、今までに十二回連続でビンゴを避けた例は報告されていない。確率の問題なので、それは仕方ないのだが、今日ここに、初の十二回連続を達成しようとしている男がいた。それが、正哉である。

——確かにこれまでの十一回は楽なものではなかった。しかし、とうとうこの時が訪れたのだ。このビンゴを避けられれば、死刑にならなくて、済む——。

「ビンゴを行う。準備を整えよ」

壇上に立つ看守長の命令に、二人の看守は部屋から駆け足で出ていった。

午前、九時二十五分。

あと五分で、生か死を決めるゲームが始まる。部屋の中でその時を待つ男達の様子も、落ち着かなくなってきていた。正哉から見て左端の先頭の席に座る二十一番の男の背中はブルブルと震えてしまっていて、自分でもその震えをおさえる事ができないようだ。右端の先頭に座る一番の男は、先程から貧乏ゆすりが止まらない。そして一番目立っていたのが十七番で、指と指を絡ませて、ブツブツと神に祈りを捧げている。

「おい十七番！　静かにしてろ！」

看守長の怒声が飛ぶと、十七番の男は口をつぐんで神に祈りを捧げるポーズをとるだけとなった。

無論、この三人だけが怯えていた訳ではない。表に出さないだけで、全員が不安や恐怖を抱いているはずだ。これまで十一回連続でビンゴを免れてきた正哉だってそうだ。確かに心のどこかに少々の自信はある。だが、もしもの時を考えると、心臓が圧迫されて、息苦しくなってくる。

怖くて怖くて、仕方がないのだ。

だからこの部屋に連れてこられた時は、ここから出られた時の事だけを考えるようにしていた。

コトコトとシチューを煮込む音と、立ちのぼる白い湯気。真弓の慣れない包丁の手つきが危なっかしくて――。

「おい！　十八番！　何を寝ている！」

看守長の叱責《しっせき》に、正哉のビジョンは一瞬にして砂嵐に変わった。一体どうしたのだと十八番に顔を向けると、これから自分の運命が決まるというにもかかわらず、無神経にも居眠りをしていたようだ。

「また同じような事で注意を受けるようなら、分かっているな？」

看守長の目一杯の脅しにも、十八番は少しも怯《ひる》む様子を見せなかった。

突然、部屋の扉が開いたので、正哉はビクッとして十八番から視線を外し、扉の方に目を向けた。

そこには先ほど出ていった二人の看守が並んでいた。一人が丸めた模造紙を右手に持ち、そしてもう一人がこのビンゴの鍵《かぎ》を握る八角形で真っ黒いボックスを両手で抱えている。

「看守長！　これより準備を整えます！」

看守の口から形式的な言葉が発せられると、看守長は頷《うなず》き、鋭くこう言い放った。

「すみやかに準備を整えよ」

「はい！」

二人は威勢良く頷き、迅速に動いた。

まず一人が八角形の黒いボックスを看守長の前の台に置いた後、模造紙を持った看守が後ろの壁に紙を広げてテープで貼り付けた。その白い紙には二十五人からもよく見えるように黒いマジックで大きくビンゴカードの図が書かれており、ボックスから出た玉に書かれた数字を模造紙に×と書いていくのだ。そうすれば次にどの番号が出ればビンゴになるかというのがすぐに分かる訳だ。次に、

「廊下で待つ看守を入れます」

模造紙を持っていた方がそう言うと、廊下に頭だけを出して部下達に指示を出し始めた。すると四人の看守が特殊部隊のようにささっと部屋の中に現れた。そしてビンゴを行っている最中に不審な動きをしている死刑囚候補者がいないかどうかを監視する為に、部屋の四隅にばらけた。

「看守長！　全ての準備が整いました！」

「ご苦労。お前達も配置につけ」

その一言で、部屋の中が妙に静まり返った。

午前、九時二十九分。

あと一分で、クルクルと回るボックスの中から一つ目の玉が落ちてくる。

正哉の緊張も、ピークに達した。

あと五十秒。

玉の数字を読み上げるために、一人の看守が看守長の隣に立った。

そして、もう一人の看守は模造紙に×と書く為に、看守長の後ろに立った。

あと二十秒。

正哉は暴れる心臓をおさえる為に、右手で胸をギュッと摑《つか》みながら、カチカチと一定のリズムで動く秒針を、じっと見つめていた。

容赦なく刻まれていく一秒一秒が、正哉の不安をどんどん膨らませていく。

あと十秒。

看守長が、とうとう腕時計を確認した。サッカーの主審が、試合終了の笛を吹く直前に腕時計を見るように。

あと五秒。

正哉も部屋の時計を見ながら、心の中でカウントした。

四秒。

三秒。

二秒。

一秒。

秒針が十二を示したと同時に、長針がカチッと動いた。それを確認した看守長は腕時計から目を離し、死刑囚候補者達に向かって口を開いた。

「これより、死刑を執行する者を決める為にビンゴを行う！　全員、起立！」

看守長の号令がかかると、正哉を含めた二十五人は一斉に立ち上がり、礼をした。

「分かっているとは思うが、ビンゴを行っている最中の私語は禁止！　それと不審な動きを見せた者はただちに死刑とする！　いいな！」

二十五人の中で返事をする者はいなかった。みんな緊張していて、喉《のど》から声が出ないのである。ただ、正哉の左隣に座る十八番の男だけは緊張の色を少しも見せず、何も考えていない様子でダラッと立っているだけだった。さっきからそうだったが、奴の中にあるのは、絶望なのか、それとも、自信なのか。

「着席！」

看守長の命令通り、正哉は椅子に着席した。そして全員が着席すると、看守長の右手が早速ボックスに伸びた。正哉の目は、ボックスに釘付《くぎづ》けとなった。

「では、一個め！」

息を呑《の》んだ正哉に対し、まるでドラムロールを必要とするような言い方で看守長はそう言って、真っ黒いボックスの取っ手を握りながら、ガラガラとそれを回した。無意識のうちに正哉は指と指を絡ませて、強く祈った。

頼む　頼む　頼む　頼む　頼む　頼む　頼む　頼む　頼む!!

「…………」

カラン

最初の玉が、ボックスの中から落ちてくると、看守長の隣に立っていた看守が右手の親指と人差し指で玉を摘《つま》み、番号を確認してから大きな声で発表した。

「十二番！」

その番号を聞いた刹那《せつな》、ピストルで心臓をぶち抜かれたかのように、正哉は一瞬、放心状態に陥った。それ以上に絶望感を露《あら》わにしたのが、前に座る十二番の男だった。看守の口から番号が発表されると、ガックリと肩を落としたまま、動かなくなってしまった。そんな正哉と十二番を無視するように、もう一人の看守が模造紙に書かれてある12番にキュッキュと×を書いた。

正哉は、深いため息を吐いて、頭をかかえた。

まさか、自分の列の番号が一個めから出てくるとは思わなかった。これで、縦の列の余裕が十一、十四、十五、そして自らがつけている十三番の四つとなってしまった。十二回目にして、とうとう死刑となってしまうのか。この日、銃で脳天を撃たれるのか。いや、待て思い出せ。初めてのゲームの時だって、一個めは自分の列の番号だった。そう、あの時は確か三番のゼッケンをつけていて、左隣の八番が出てしまったのだ。けれど、最終的には生き残れた。

大丈夫、今回だって。

「次！　二個め」

看守長は間を置かず、この時を楽しむようにボックスを勢い良く回した。玉と玉が混ざり合い、ガラガラという音の後、二個めが落ちた。

「十九番！」

左斜め後ろに座る十九番の男から、ヒッという小さな悲鳴が洩《も》れた。逆に、二個めの番号に正哉は安堵《あんど》した。無論、十九番は正哉の列とは全く関係ないからだ。

よしこの調子だ。この調子で続けば死刑は免れると正哉は自分を勇気づけて、真っ黒いボックスを凝視した。

看守が模造紙に×と書くと、看守長は三個めと声を張り上げて、ボックスを回転させた。

「八番！」

看守の口から聞こえた番号に、焦りは高まった。

今度は、横か。

正哉は顔を顰《しか》めて、右の拳《こぶし》を机に小さく叩《たた》きつけた。

これで横の列も自分を含めて、あと四つ。

命が少しずつ、削られていく。

「俺はもう……駄目か」

右隣に座る八番の口からほんの小さな声が聞こえてきたので、正哉はそっと目を向けた。すると八番も、体を震わせながらこちらを向いたのだ。

縦列では敵だが横列では味方に当たる八番に、正哉は大丈夫と口を動かし頷くと、よほどそれが心強かったのだろう、今にも泣きそうな顔をしていた八番はたくましい表情を見せて、強く頷き返してきた。

そうだ。きっと俺は助かると、正哉は改めて自分に言い聞かせた。

「おい！　そこ！」

四隅の前方右に立つ監視役に注意され、正哉は慌てて前を向いた。ビンゴを中断する監視役の声に、看守長の鋭い目もこちらに向けられた。だが、大したことではないようだと判断したのだろう、ボックスを回転させて、四個めの玉を落とした。

「四個め！　五番！」

正哉は止めていた息を一気に吐き出した。セーフだ。しかし、正哉にとって、次に出てくる玉が重要であり、不安だった。これまでの四つの玉のうち、一つ置きに正哉のつけている十三番と連なった番号が出てきた。もし次の玉が自分と関係している番号ならと、正哉は危機を感じていた。次が、キーポイントだ。

ここで自分と関係のない番号が出れば、一気にのれる。

看守長の手がボックスに伸びた。続けて五個めが発表される、そのはずだった。ところがどこからか聞こえてくる泣き声に、ゲームは一時中断となった。

「おい！　五番！　泣きやめ！　静かにしろ！」

監視役のその言葉に、正哉は後ろを振り返った。すると四個めに発表された五番の男が、シクシクと泣いていたのだ。

「おら！　五番！　泣きやめ！　いい加減にしないか！」

監視役の怒声を浴びても、五番は泣きやまなかった。死の恐怖に震えながら、女の子のようにすすり泣いている。もしこの中に今日初めてビンゴを行う者がいるとすれば、その者は五番を見て、同情よりも先に死ぬのが怖いという感情の方が強まるだろう。確かに正哉だって死ぬのは怖い。だが、五番に対しては何も思わなかった。今までにこのような光景を、何度も何度も見てきたのだ。むしろ五番のような人間がいなければ、おかしい。

「おら！　泣きやめ！　この場ですぐに殺されたいのか！」

五番の髪を掴みながら監視役がそう脅すと、まるでミルクを与えられた赤ん坊のように、五番の泣き声がピタリと止《や》んだ。

殺す、という言葉に、酷《ひど》く敏感になっていた。

「看守長！　続けて下さい」

監視役の手によって泣きやんだ五番を一瞥《いちべつ》した看守長は、五個めの玉をボックスの中から落とした。

「二十二番！」

自分とは関係のない番号が発表され、正哉はよし、と呟《つぶや》いた。二十二番がここで×とされたという事は、一個めに十二が×とされているので、横に、二、七、十七と来ればビンゴで終了だ。

やはり一番初めに自分と関係している番号が出たからといって、必ずしもその列がビンゴとなる訳ではないのだ。ペースは、こっちのものだ。

十一回も連続でビンゴを免れてきただけあって、その場の空気を感じ取った正哉の勘は的中し、ゲームは思い通りに進んでいった。

「七番！」

正哉は小さくガッツポーズをとった。これで二と十七がくれば、横にビンゴだ。

「次！　九番！」

「よっしゃ」

正哉は右の拳を力強く握りしめた。

既に×となっている七番、八番に加えて九番がこれで×となったので、まだ生き残っている六番、そして十番が×になれば、縦にビンゴとなりゲームは終了だ。

運が、むいてきた。

「次！　二十四番！」

「よしよしよし」

これで五連続セーフだ。逆に他の列がビンゴになる可能性が大きくなってきた。ここで二十四番が×になったので、既に×とされている九番、十九番を加えると、まだ生きている四番、十四番がくれば横にビンゴだ。どの列もまだリーチはかかっていないが、こうなれば後は時間の問題だ。このゲーム展開なら、絶対に勝てる。意地でもここから抜け出すのだ。

「次！　九個め！　十六番！」

看守がそう発表すると、看守長の後ろに立つ看守が十六に×を書いた。現在の状況からすると、十六番と横に連なる一、六、十一、二十一はまだ×になっていないので、ビンゴにはほど遠い。縦の列も十九番が×になっているだけなので、揃うまでには時間がかかりそうだ。

「次！　前半最後の十個めだ！」

生きるか死ぬかの戦いに集中していた正哉は、看守長のその言葉を聞くまで、次が十個めだという事をすっかり忘れていた。このゲームでは玉を十個出すごとに、十分のインターバルがあく事が決まっている。それは看守長が休憩する為だけのものであり、勿論《もちろん》、死刑囚候補者達にはトイレに立つ事すら許されない。じっと席に座り、十分の間、不安と恐怖のどん底でもがき苦しむのだ。故に、候補者達にとっては地獄の十分間であった。

看守長が、ボックスをガラガラと回転させた。この前半でどこかの列がリーチになれば、後半戦がずっと楽になる。この十個めがもっとも重要になると、正哉は目を瞑《つむ》り、指と指を絡ませて、強く祈った。

カラン、という音で、正哉は目を見開いた。看守長の隣に立つ看守が、玉を摘《つま》んで番号を確認し、そして上にかかげて発表した。「前半ラスト！　十五番！」

その番号に、正哉は表情を曇らせた。前半の最後で、自分の列の番号が出てきてしまったからだ。これで縦の猶予が十一、十四、そして自分の三つとなってしまった。

けれど、まだ大丈夫だ。

自分の列よりもビンゴに近い列が、三列もある。後半戦ですぐにリーチがかかれば、ビンゴは避けられる。恐らく次の十個で、勝負が決まる。

看守が模造紙に×を書くと、看守長が死刑囚候補者達に向かって口を開いた。

「それでは今から十分間の休憩に入る。ゲームが再開されるまで、静かにここで待機するように！」

そう言って、看守長は両側に立つ看守を引き連れて、部屋の中から出ていった。依然、四隅に立つ監視役はピクリとも動かず、二十五人の動きに目を光らせていた。もしここが学校の教室なら、自分達が授業を受けている生徒なら、この休息の間、隣の人間とお喋《しゃべ》りしたり、みんなで騒いだりしているだろう。だが、今は全く状況が違う。この中に閉じこめられた二十五人は、生きるか死ぬかの瀬戸際に立つ人間達なのだ。言うまでもなく誰一人として会話を交わす者などいないし、笑みを浮かべる者もいない。重苦しい空気が漂う部屋の中には、ガタガタと鳴る貧乏ゆすりの音と、微《かす》かに聞こえてくる泣き声で、薄気味悪ささえ感じられた。

だがそんな中、この地獄の十分間を冷静に待ち続ける一人の男がいた。

それは正哉の左隣に座る十八番の男だった。別に今に始まった事ではないが、椅子に深く腰掛けて、腕を組み、目を閉じて、静かに呼吸を繰り返している。まるで電車の中で居眠りをしているようなその態度に、正哉は珍しいものを見るかのような目で、十八番の男を眺めた。

誰もが死に焦りを感じている今、十八番は何を思ってこの十分間を待っているのだろう。まだ自分の列には余裕があるとはいえ、死に対する恐怖だけは変わらない正哉にとって、十八番の心など見当もつかなかった。

まさかその考えが十八番に伝わってしまったのか、それとも視線を感じ取ったのか、十八番が突然、目をパッと見開いた。正哉は慌てて視線をそらしたのだが、既に気づかれてしまっていた。十八番が、小さな声でこう言ってきたのだ。

「何か？」

正哉は監視役の目に注意を払いながら、短い言葉を返した。

「別に」

「そんなに僕が珍しいですか？」

正哉は質問に答えなかった。

「そうでしょうね。みんなが死に怯《おび》えている中、僕だけがこうして余裕をかましているんですもんね」

　喋らせておけばいいと、正哉はずっと黙っていた。

「どうして僕が冷静でいられるのか、分かります？」

　その質問に、正哉は十八番を一瞥した。その答えには興味がある。

「僕はね、運がとてもいいんです。今までの人生で、どのギャンブルもトータルでは負けていません。もちろん、このゲームでも負けるつもりはない。だから死に怯えないですむ。このゲームを行うのは今日で五回目になりますが、一度だって自分の番号が出てきた事はない。現に、今日だってまだ自分の番号は出てきていない。だから僕は今日も勝つ。そして、ここから簡単に抜け出してみせますよ」

「そんな簡単にいく訳ねえだろ」

　正哉が小声でそう返しても、十八番は独り言を呟いているだけで、会話にならなかった。

「そうだなー、ここから抜け出したら、またギャンブルでもして大儲《おおもう》けしようかな」

　十八番のその台詞《せりふ》に、正哉は憤りを感じた。

　ふざけるな。

　お前が何をして死刑の判決をくらったかなど知らないし、知りたくもない。でもここから抜け出す価値がお前にはあるのか。お前にはまだ失うものはあるか。お前の判決を知って、涙を流してくれた人はいるか。

少なくとも、俺にはいる。そしてその大切な二人に、どうしても会いたい。

正哉は、自分が人を殺した時の事を、思い出していた。

正哉には、体の弱い母と、三つ年下の妹がいた。父親は妹が生まれてすぐに死んでしまったので、正哉と妹の真弓は母親だけの手で育てられてきた。お金がなくて、好きな物を買ってもらえず、友達に仲間はずれにされた事もあった。それでも正哉は、昼と夜に仕事に出かけていく母に感謝していた。将来は母に楽な生活をさせてやるのだと、正哉はそう心に誓っていた。だが現実は厳しく、正哉が社会に出たところで、生活が急に裕福になる訳でもなく、母は相変わらず昼と夜の生活を続けていた。けれど、体の弱い母は年をとるにつれて倒れる事も多くなった。せめて学生だった妹の真弓が立派に働けるようになるまでの辛抱だったのだが、既にもう手遅れだった。お金がなくて困っていた母は、正哉の知らないところで、金利の高いサラ金に手を出していた。しかも質《たち》の悪い連中からお金を借りてしまったので、毎日が地獄だった。三人組で現れるその男達は、金を返せと取り立てにくるのは勿論、近所の人間を脅したり、自宅に石を投げつけてきたりと好き放題。その嫌がらせが原因で、母はノイローゼになり、しまいに男達は妹の真弓にまで脅しをかけてきた。その行為に怒りを爆発させた正哉は、三人組がかまえる事務所に話をつけに行った。殺すつもりなんてなかったのだ、初めは。あくまでも冷静に、お金は必ず返しますので、もう少しだけ待ってほしいと三人に頼んだ。しかし、男達から出た答えはNOというあっけないものだった。しかも一人の男がこう言ったのだ。

明日までに金を返せないようなら、真弓を風俗に売り飛ばす。

その言葉に正哉の頭の中は真っ赤に染まり、我を忘れて暴れ回っていた。三人の男達を殴り倒し、事務所の椅子を持ってブンブンと振り回した。その時の正哉は、誰の手にも負えなかったのだろう。とうとう男達は懐からナイフをとりだした。その時は一瞬怯《ひる》みはしたが、完全に切れてしまっていた正哉はナイフを握りしめた三人に飛びかかっていた。

グニャリ――。

気がついた時にはどういう訳か、ナイフでめった刺しにされた男達が、床に転がっていた。血の海と化した事務所の風景を目にして何が何だか分からなかったが、冷静さを取り戻した正哉は、自首をしようと決心し、その足で警察に向かった。

この国では犯人が捕まった一週間後に、裁判が行われる。そこで下された判決が最終判決となる訳だが、弁護士などたてずに裁判を行うこの国では、犯行の動機などは関係なく、罪は罪として裁かれる。よって、三人も殺してしまった正哉には死刑の判決が下され、直ちに死刑囚候補者収容所に送り込まれた。裁判所を出る時に、母と真弓の目から流れる涙を見て、もう二度とあの二人には会えないのだと思った。しかし、死刑囚候補者収容所に送り込まれてビンゴを行う制度を初めて知った正哉は、絶対にここから抜け出すのだと意気込んだ。そしてまた平穏に三人で暮らすのだ、と。

緊張でガチガチ状態のまま挑んだ最初のゲームはすんなりクリアした。二回目のゲームも意外と楽にクリアできたと思う。だが、三回目のゲームにして、初めてピンチを味わった。その時は十番のゼッケンをつけていて、六、八、九と×になり、縦の列が危ない状況だった。もし七か自分のつけている十番が出てきてしまえばリーチがかかってしまうという時に、まさかの十番がボックスから出てきてしまったのだ。三回目のゲームで初めてのリーチを味わった正哉は半分、諦《あきら》めていた。というのも、そのリーチはその回最初で、他の列は全て余裕があったのだ。だから生きているうちに、心の中で母と真弓に約束を守れなかった事に対して詫《わ》びたのだ。しかし、ゲームは思わぬ方向に進んでいった。七番が出てしまえば死刑という状況だったのだが、いくら回しても七番の玉が出てくる事はなく、最終的には一番から五番の縦の列がビンゴとなり、三回目のゲームを終える事ができた。

それ以後、よほど運が強かったのか、リーチを味わう事なく回数を重ねていく事ができた。しかし、十回目のゲームで最大の難関を迎える事となった。その時は二十番をつけていたのだが、十、十五、二十、二十五と横にリーチがかかっており、十七、十八、十九、二十と縦にもリーチがかかっていたのだ。要するに、五番か十六番が出た瞬間、死刑が決定するという危機に正哉は直面したのだ。さすがの正哉もこれまでかと覚悟を決めていた。が、あの時も運良く五番と十六番が出てくることはなく、またしてもビンゴを免れた。そして今こうして、最後のゲームに挑んでいる。母と真弓の笑顔を見るために、絶対にここから抜け出さなければならない。つまらない理由でここから抜け出そうとしている十八番とは、訳が違うのだ。

母と真弓の笑顔を思い描いていた正哉は、扉の方に鋭い目を向けた。ちょうど十分が経過した室内に、看守長と二人の看守が戻ってきたのだ。

「ではゲームを再開する！」

壇上に立つなり看守長がそう告げると、部屋中が一気に静まり返った。皆も、次の十個で勝負が決すると分かっているのだ。初めの十個とは全く違った張りつめた空気に、二十五人は包まれた。

「では、十一個め！」

正哉はゴクリと唾《つば》を飲み込み、祈りに全ての力を降り注ぎ、看守長の回すボックスに念力を込めた。

ガラガラと玉が混ざり合い、十一個めが落ちた。それを看守は拾い上げ、確認した。正哉は瞬き一つせず、看守の口元だけを見つめていた。

「十一個め！　三番！」

看守の口がそう動いた瞬間、正哉は一度ギュッと目を瞑《つむ》り、三番の方に視線を向けた。自分と同じ列に座る三番は現実を受け止め、肩をガックリと落としていた。模造紙に×が書かれたので、正哉は横の列を確認した。三番が×となり、八番が既に×となっているので、横の猶予は十八、二十三、そして自分がつけている十三だ。また一つ×が増えてしまったが、まだ大丈夫だ。心配する事はない。

「次！」

ボックスから十二個めの玉が落ちてくると、看守はロボットのように全く同じ動きをして、玉を確認した後、声を張り上げた。

「二十一番！」

正哉はひとまず安堵《あんど》し、右手の拳《こぶし》に力を込めた。二十一に×と書かれたので、二十二、二十四が×となっているこの縦の列は、二十三か二十五がくればリーチとなる。一刻も早く自分とは違う列がリーチになる事を、正哉は強く望んだ。

「次！　十三個め！」

一つ、また一つと玉が落ちてくるという事は、誰かの死が近づいているという事だ。ゲームが中盤から終盤に入り、どの列が死刑になるか全く分からないこの状況に、緊迫感は高まり、室内の酸素は薄れだし、息苦しくなっていた。正哉はゼーゼーと口で呼吸を繰り返し、看守の口の動きを睨《にら》み付けた。ここでどこかの列がリーチになる。

しかし。

正哉の頭の中では、そのはずだった。

「十八番！」

看守の厳しい口調が室内に広がると、腕を組みながら目を閉じていた十八番の目が、パッと開いた。

「そんな、馬鹿な……」

自分の計算が狂い、そう洩《も》らした十八番に、正哉は焦りを感じた。無論、十八番が初めてこのゲームに危機感を露《あら》わにしたからではない。さっきまで余裕をかましていたこの男とは、横の列が一緒なのだ。絶対にここから抜け出さないといけないという時に、とうとう黄色信号が点灯してしまった。次に二十三番か自分のつけている十三が出てしまえば、リーチがかかってしまう。ここへきて、計算が狂い始めたか。

いや、勝つ。自分を信じろ。

絶対にここから抜け出してみせる。

自分にはこれまで勝ち抜いてきた運がある。死刑になんて、絶対にならない。

正哉は左手を左太股《ふともも》に置き、右肘《みぎひじ》を机にドスンと置いて、力強く拳を握り、大きく構えた。そしてボックスを回そうとしている看守長を見据えた。激しく暴れる心臓の動きだけは、おさえる事はできなかった。

「次！　十四個め！」

まるで二十五人を脅すような看守長の口調にも全く動じず、正哉は大きく息を吐き出し、次に出てくる玉をじっと待った。

ガラガラと音を立て、白い玉は落ちた。

何番かを確認する看守に、正哉は鋭い目を向けた。

「十番！」

その瞬間、正哉は気合いのこもったガッツポーズをとった。

「よし！　よし！　リーチだ！」

十番が×となり、七、八、九が既に×となっているので、六番が出れば縦のビンゴで終了だ。もう少しで、母と真弓に会える。二人の笑顔が、現実となる。勝利はもう、目の前だ。

「次！　十五個め！」

容赦なくゲームを続ける看守長がボックスを回そうとした、その時だった。リーチの列に座る九番の男が、突然、叫びだした。

「やだ！　死にたくねえ！　助けてくれ！　やだ！　やだ！　やだよ！　死にたくねえよ！」

椅子をガタガタと揺らし、机をバンバンと叩《たた》きながら暴れる九番の男を、監視役がすぐさま押さえに行った。

「やめろ！　やめんか！」

「ふざけんな！　俺はまだ死にたくねえ！」

「やめろと言っているだろう！　おら！」

手に負えない九番を、一人の監視役が殴りつけると、室内は静けさを取り戻した。

狂乱していた九番は、ガクガクと震えながら、泣き出してしまった。

「お前、失禁しているのか？　情けない。看守長？　この男どうします？」

監視役がそう尋ねると、看守長はそのまま放置しておけと、冷たく言い放った。九番の椅子の下にできた水たまりが、線を描いて正哉の足下に伝ってきた。上履きが尿で湿っていく。

「十五個め！」

仕切り直すように言って、看守長がボックスを回そうとしたその時、またもゲームが中断された。九番の姿を見て、自分の死を想像してしまったのか、今度は七番の男が机の上に嘔吐《おうと》したようだ。途端に鼻をつく異臭が部屋にたちこめた。

「おい七番！　何してるんだ！」

監視役がせわしなく駆けつけると、七番はゼーゼーと呼吸を荒らげながら、すみませんと頭を下げた。

「どいつもこいつも全く！」

そう言い残して一旦《いったん》部屋から出ていった監視役は、不満そうな顔をして、七番の机の上を雑巾《ぞうきん》とバケツで処理すると、看守長に続けて下さいと頭を下げた。看守長はもう何も言わずに、ボックスを回した。

た。

「六番……六番……」

正哉は何度もそう呟《つぶや》き、看守の口元を見張った。番号を確認した看守の口が、開いた。

「……十一番！」

正哉は左の拳で自分の太股を強く叩いた。

「くっそ！」

またも危険に一歩近づいてしまった。残る猶予は、十四番、そして十三番の二つだ。でも、次こそはきっと、六番が出る。そして、ゲーム終了だ。

「次！」

六番！　六番！　六番！

正哉は呪いをかけるように唱え続けた。

玉を摘《つま》み上げた看守の口が、大きく開いた。

「十七番！」

十七番、十七番と正哉は口を動かし、模造紙を確認した。

「おし！」

六番は出なかったものの、正哉はついに最大のチャンスを摑《つか》んだ。看守が模造紙の

17に、×を書いた。

「これで、トリプルリーチだ」

二十がくれば縦にビンゴとなり、二がくれば横にビンゴとなる形になった。要するに、二か六か二十がくれば、ビンゴで終了なのだ。

正哉はこの時、勝利の確信を得た。この状況で、負けるはずがない。次か、その次で勝敗が決まる。後は、時間の問題だ。

「次！」

看守長がボックスを回すと、次の玉が落ちてきた。その玉の番号が、二、六、二十のどれかである事を祈り、正哉は看守の発表を待った。

「十七個め！」

しかし、そう簡単にこのゲームは終わらなかった。まさかの番号に、一転して、正哉は最大級の崖《がけ》っぷちに立たされた。

「十四番！」

看守がそう言い放った瞬間、ドクン、と重たい衝撃が心臓に走った。

「十……四番」

正哉は、模造紙に書かれた自分の列を確認した。看守の手によって、×の印が十四番につけられると、縦にリーチがかかった。もし自分のつけている十三番が出てしまえば、死刑が、執行される。

死と隣り合わせの状況に立たされている自分を確認した途端、ジワジワと焦りがこみ上げてきた。口の中の水分が無くなり、視野が急激に狭くなり、頭の中が、真っ白になった。

死ぬのか、俺は。

刑場に連れて行かれ、椅子に縛られ、脳天を銃で撃ち抜かれるのか。血を垂れ流し、痛みを味わいながら死ぬのか。のたうち回って死ぬのか。

嫌だ嫌だ。死にたくはない。まだ死ねない。

「落ち着け！」

混乱する自分に小さく叫び、大丈夫、大丈夫だと何度も心に言い聞かせた。そして深呼吸を繰り返し、震える体を、おさえつけた。

まだ死刑が決まった訳じゃない。十四が×になったという事は、更にもう一つ、リーチの列が増えたのだ。四が出れば横にビンゴだ。自分の列の他にも、四つの列にリーチがかかっている。だから大丈夫だ。今までがそうだったように、ビンゴは免れる。絶対に。

「次！　十八個め！」

看守長の声に、体が硬直した。次に出てくる玉が、最後になると、正哉はそう直感した。黒いボックスが、ガラガラと音を立てながら、ゆっくりと回転しだした。正哉は指と指を絡ませ、二、四、六、二十とお経を唱えるように呟き、黒いボックスを洗脳した。

十三番は、出ない！

母さん、真弓、頼む！

ボックスの中から、スローモーションのように、白い玉がポトリと落ちた。正哉はお経をやめて、ゴクリと息を呑《の》み込んだ。

「何番だ？」

看守長にそう訊《き》かれ、玉を確認した看守は模造紙を確かめて、こう言った。

「これで、ビンゴです」

その言葉に、先程から小さく泣いていた九番の泣き声が、ピタリと止んだ。

これで、決まる。正哉は全身に力を込めた。

「で？　出た玉は？」

にやけながら看守長は言った。

正哉は瞼《まぶた》を、ギュッと閉じた。

「十八個め！」

耳をふさいでしまいたかった。聞くのが、怖かった。いや、大丈夫。信じろ大丈夫だ。

そして看守の口から、最後の番号が、発表された。

「……十三番！」

十……三番？

正哉の中で、時が止まった。暗闇に立つ母と真弓の姿が、ぼやけていく。

「ビンゴ成立！　これより死刑を執行する。十一番！　十二番！　十三番！　十四番！　十五番！　立ちなさい！」

看守長の声が、部屋中に響いた。

「嘘だ……」

「十三番！　立て！」

「**嘘だ……**」

「おい！　十三番！」

「嘘だ……嘘だ嘘だ嘘だ嘘だ嘘だ！」

正哉は机を叩《たた》きつけ、席から立ち上がり、狂乱した。

「ふざけんな！　嘘だ！　嘘に決まってんだろ！」

「おい！　十三番を取り押さえろ！」

看守長の指示が飛ぶと、監視役の四人に正哉は取り押さえられた。が、正哉はもがき、暴れ続けた。

「うわぁぁああああ！　嫌だ！　嫌だ！　頼むよ！　許してくれ！」

「じっとしてろ！　さあこっちへ来い！」

「何でだ！　何で俺が死ななきゃいけねえんだよ！」

「そう決まったんだ！」

「ふざけんな！　離せ！　離せよ！」

　その時、左隣に座っていた十八番と目があった。男の口元がニヤリと浮いたのを見て、正哉は抵抗を止めて、肩を落とした。

「どうして……どうしてだよ」

「さっさと十三番を連れて行け！」

　看守長が監視役に強く命令した。気がつくと、十一、十二、十四、十五は既にいなくなっていた。それを知った瞬間、サーッと血の気が引いた。

「さあ、来い！」

　一人の監視役に囚人服を引っ張られ、正哉は刑場へと連れていかれた。死を覚悟した途端、涙が止まらなくなった。地下三階にある刑場の扉がガラガラと開かれた。学校の教室の半分くらいの室内は、ゲームを行った部屋と同様、コンクリート打ちっぱなしで、ひんやりと冷たかった。他の四人もここと同じ造りの刑場に、今いるのだろう。そしてもうじき、この世から抹消される。なぜか死に対する恐怖は、もうなかった。少し体は震えているが、自分でも驚くくらい、心は落ち着いていた。

「十三番を連れてきました！」

　中にいた三人の執行官に監視役がそう告げると、三人は同時に敬礼した。

「ご苦労様です」

そして、正哉は三人に体を押さえられ、部屋の真ん中にポツリと置かれた椅子に座らされた。

「では、よろしくお願いします」

監視役はそう言って、刑場から姿を消した。妙に静まり返った部屋の中で、黙々と作業を進める三人に、正哉はまず、体をロープでしめられた。そして次に、目隠しをされた。目の前に何も見えなくなったと思うと、母と真弓の姿が浮かんできては、三人で楽しく暮らしていた時期が再生された。もうじき、この二人とも別れなければならない。夢を叶《かな》える事は、できなかった。

三人の動きが止まったのを、耳で感じた。死刑を行う準備が全て整ったようだ。正哉は大きく、息を吐き出した。

「それではこれより、熊田正哉の死刑を執行する！」

「長田《おさだ》！」

「はい」

こめかみに、ヒンヤリとしたものを感じた。銃口が、突きつけられたのだ。

「熊田正哉」

名を呼ばれ、正哉は小さく返事をした。

った。

「はい」

「最後に一言、あるかね？」

真っ先に思い浮かんだのが、母と真弓の顔だった。二人には、どうしても会いたかった。

「母と妹に、ごめんなさいと、伝えて下さい」

「わかった。それ以上は、もういいね？」

「……はい」

あの時、十三番の玉が出るのは最初から決まっていたのだと、正哉は冷静に考えていた。運が強い訳でもない。これが、運命というやつだ。神が決めた事には、逆らえない。

耳元で、カチャリという引き金の音がした。正哉は膝《ひざ》元に置いていた両手を思い切り握りしめ、歯をグッと食いしばった。

母さん、真弓、ごめん。

目の前は、真っ暗で何も見えないのに、撃て、との合図が下ったのを、空気で感じた。その瞬間、パンという銃声が、室内に響いた。正哉の体は、銃口から出た煙を切って、ドサッと倒れた。

一方そのころ、看守長や、玉を読み上げていた看守、模造紙に×と書いていた看守、そして四人の監視役は、看守長室に集まっていた。死刑囚候補者達を独房に戻し、ようやく一段落がついたのだ。

「それにしても看守長」

この死刑囚候補者収容所に入って、初めてのゲームを行った一人の監視役が、椅子に深く腰掛けた看守長に話しかけた。

「何だ」

「とうとうあの男、死刑になりましたね」

「あの男？」

「ほら、あの十三番の男ですよ。今日のゲームが行われる前に、十三番の男が今日で十二回連続を達成しようとしているって言ってたじゃないですか」

新米がそう言うと、看守長は鼻で笑った。

「な、何です？」

「あれはな、最初から決まっていたんだ」

驚くべき発言に、新米は思わず声を上げた。

「ど、どういう事ですか？」

そう尋ねると、看守長は椅子にもたれかかったまま机の上に置いてある八角形で真っ黒いボックスを指さした。さっきまで使われていたボックスだ。

「中を、見てみろ」

言われた通り、新米はボックスの蓋《ふた》を開けて、中を確認した。先ほどのゲームで出てこなかった白い玉が、七つ入っていた。が、すぐに違和感を感じた。

「あああああ！」

隣の看守や他の監視役がクスクスと笑いだした。

「気がついたか？」

ボックスの中身を見ながら、新米はこくりこくりと頷いた。さっきのゲームで出てきた十八個の白い玉とは、明らかに大きさが違う玉が五つ入っていたのだ。要するに、この五つは最初から出ないような仕組みになっていたのだ。

「今日は、二、四、六、二十、二十三を抜き、十一から十五までの縦が必ずビンゴになるよう仕組んでおいた」

その理由が、新米には分からなかった。

「どうしてです？」

するとと看守長は、短くこう言った。

「必ず死刑にする為だ」

「必ず死刑に？」

「そうだ。十二回連続でビンゴを免れれば、無罪放免というルールのもとにこのゲームは行われているが、実際はそんなルールなどない。現に、今まで十二回連続でセーフになった者はいない。なぜだか分かるか？」

「初めから、こうして仕組んでいたからですよね？」

「そうだ。一度死刑判決が下った人間を、無罪にして娑婆《しゃば》に出すのは極めて危険な事なのだ」

「だったら、どうしてこんなゲームを行う必要があるんです？」

その質問に対しては、看守長も首を傾げた。「さあな。国が決めた事だ。私にはわからんよ。上の者の道楽かもしれないな」

そう言って、看守長は椅子から立ち上がった。

「さあそろそろ昼飯でも食おう」

一同が、その意見に賛成した。

「そうですね。そうしましょう」

看守長室から、一人、また一人と出ていき、最後に看守長が残った。

「さて、行くか」

独り言を呟《つぶや》き、看守長は部屋から出ようとして、机の上にある八角形で真っ黒いボックスに戻った。そして、フッとにやつき、開いている蓋を、静かに閉じた。

サッカー

二〇〇四年、十二月一日。

午後三時三十分。

半年に一度行われる最大のお祭り行事がもうじき始まろうとしていた。この日のために、全国各地から様々な人間が選手としてやってくる。目的は金。それ以外何もない。大金を得るために、彼らは命を張って戦う。巷《ちまた》では今日の試合をこう言っている。

闇のサッカー、と。


巨大スタジアムを目の前にして、一度足を止めた坂本孝弘《さかもとたかひろ》は、ブラリと手に提げていた青いスポーツバッグを肩に持っていき、不敵な笑みを浮かべた。あいにくの空模様だが、デスゲームには相応《ふさわ》しい天気だ。

周りには誰もいない。俺一人だけだ。客は全てスタジアムに収容されたのだろう。今頃中から騒ぎ声が聞こえてくる。狂った観戦者が多いからな。今日出場する奴らは今頃控え室でビビッているだろう。下手したら死ぬかもしれないからな。俺が全員ブッ倒してやるぜ。

孝弘は満足げに笑った。白い息が、ふわりと舞う。

とうとうこの時がやってきた。この半年間、身体がうずうずしてたぜ。トレーニングだけじゃ物足りねえ。やはり相手がいねえとな。

無論、試合には勝つ。それは当然だ。俺が欲しいのはＭＶＰだ。今回選ばれれば四大会連続で新記録らしい。更に莫大《ばくだい》な金が入ってくれれば俺の人生思いのままだ。そろそろ高層マンションでも買っちまおうか。上から人間を見下ろすためにな……。

さて、そろそろ行くか！

気合いを入れた孝弘は、関係者入り口に歩を進めた。すると後ろから女の声が聞こえてきた。

「す、すみません！　観客入り口ってどっちですか！」

その瞬間、心の中の盛り上がりが一気に冷めた。今の俺に話しかけるな。

「時間がないんです！　教えてください」

あまりにしつこかったので、歩くのを止めて、顔を顰《しか》めながら振り向くと、そこには十八歳くらいの女の子が立っていた。妙に慌てている。意外と美人だ。小さい顔には似合わないほどの大きな瞳《ひとみ》が輝きを放っている。その可愛らしさとは裏腹に、百六十五センチはあるだろうか、背は高く女性とは思えないほどガッチリとした体つきをしている。百九十センチ、百キロの孝弘を目の前にしても全く動揺していない。普通の人間なら、ライオンのような鋭い目つきと、真っ赤に染まった長髪を見ただけで怯《ひる》むというのに。むしろ、孝弘の顔に彼女の表情は輝いた。急いでいるのではなかったか。

「も、もしかして坂本さんですか！」

その台詞《せりふ》に孝弘は拍子抜けした。

「……俺のことを」

クールにそう言うと、彼女は頷《うなず》いた。

「もちろんですよ！　有名人ですもん！　やっぱり今日の試合も出るんですね！　思っていた通りだ！　前の試合で躊躇《ちゅうちょ》なく仲間の人を斬りましたよね！　あの強引さが好きです！　頑張ってください！　応援してますから」

悪い気分はしなかった。俺もスターの仲間入りか。

「あ！　それよりも観客用の入り口がどこにあるか知りませんか？　夏の試合を行うスタジアムには慣れているんですけど、ここに来たのは今日が初めてなので」

上機嫌の孝弘は、嫌な顔一つせず教えてやった。

「ここの丁度裏側だ。早くしないと閉められるぞ」

「ありがとうございます！　必ず勝ってくださいね！　では！」

そう言い残し、彼女は全力で走っていった。その後ろ姿を見ながら孝弘は思った。

この世の中もおしまいだな。穢《けが》れない普通の女の子がこんな試合を観にくるのだから。

「脳味噌《のうみそ》が狂っているのかもな」

と独り言を呟《つぶや》き、孝弘は歩みを再開させた。


関係者入り口手前には、警備員が両端に一人ずつ立っていた。どちらも背が低く弱そうだ。こんな奴らを置いといたって何の役にもたたないだろうと孝弘は思う。

「試合に出場する方ですか？」

右側の男がハキハキとした口調でそう聞いてきた。

「そうだ」

と答える。左側の男が右手を出してきた。

「では、通行許可証をお願いします」

孝弘はポケットの中から封筒を取りだし、それを渡した。出場希望書と引き替えに送られてきたものだ。

中身を確認する警備員。納得した表情に変わる。

「中へどうぞ」

扉を開くと、薄暗く狭い廊下が一直線に伸びていた。足を踏み入れた途端、ガタンと強い音がした。同時に、外の光が遮断された。

コツコツコツ。静まり返った通路に、孝弘の足音が響いた。


長い直線を終え、右に折れて更に進むと、黒縁のメガネをかけたスーツ姿の女が立っていた。そこだけ明かりがうっすらと灯《とも》っている。選手の控え室がそのすぐ隣にあるからだ。

「お待ちしておりました。坂本孝弘選手」

白々しい口調。やはりいつもと同じ女だ。東軍の案内役。七三に分けたセミロングと、小難しい顔つきは相変わらずだ。孝弘は一歩、また一歩と近づいていく。

「遅かったじゃないですか。あなたが最後ですよ。逃げるはずがないとは思っていましたが」

孝弘は上唇を浮かす。

「当たり前だろ。誰に向かってそんな口を利いてんだ。心待ちにしてたんだぜ俺は」

女も不気味に笑った。

「そうですよね。四大会連続MVPがかかっているんですもんね」

「ああ」

「これ……どうぞ」

孝弘は青いユニフォームを受け取った。エース番号の10。下は白のハーフパンツ。

ちなみに西軍は赤のユニフォームを着ることとなる。

「あなたが東軍の最後の一人だと知ったら、この中の人達、きっと心強いと思うわ」

「最後は自分の力だ。弱い奴は死ぬんだよ。仕方のないことだ」

「あなたに殺された……あの選手も？」

そう言われた途端、孝弘の口が閉ざされる。

「仲間だったのに……」

全く、嫌味《いやみ》な女だ。

あれは前の大会だった。後半、残り時間三分。接戦だった。足を切られ苦しがっていた八番の男が邪魔で使えないからと、同じチームなのにもかかわらず、トドメを刺した。

いや、本当の理由は――。

「仕方ないだろう。奴はどうせ死ぬ運命にあった」

女は鼻を鳴らした。

「私……そういうあなたが好きよ。彼……試合が終わったあとすぐに病院に連れていけば、助かっていたかもしれないのにね。遺族も悲しんでいたわよ」

「どうせ殺されていたよ。それに過去のことだ。もうどうでもいいだろう。それより、試合までもうあまり時間がないんだろ？」

「二十分後よ」

「俺にも色々と準備があるんだ」

「そうでした。申し訳ございません」

と言いながら、女は控え室の扉を開いた。孝弘が室内に入る時、耳元でこう囁《ささや》かれた。「ずっと観てるわ。頑張って」

「ああ」

扉が閉まった。

十二畳くらいの控え室には、いい体つきをした十四人の様々な男達がいた。よほど自信があるのか、堂々と腕組みをして長椅子に座っている者。それとは逆に、不安を隠しきれない者。ウロチョロと落ち着かない者。見覚えのある顔はいない。前の大会で生き残った奴らが一人もいないということは、怖《お》じ気《け》づいたか。

こいつらが俺の仲間……。

白い帽子を被《かぶ》り、フットワークをしている十五番の男が今回キーパーに選ばれた人間だ。彼の表情に不安はない。むしろ生き生きとしている。運のいい奴だ。コイツが死ぬことはない。金を稼げるか稼げないか、ただそれだけだ。

十四人の目線が、孝弘に一気に集まった。孝弘はそれを無視して、10と書かれたロッカーの前に立ち、上下赤いスウェットから、胸にイーストと縫われたユニフォームに着替えた。その間も、室内は無言。ずっとこちらを見ているのが容易に分かる。三大会連続で最優秀選手に選ばれたのだ。注目されるのも無理はない。それとも、前の大会のあの事を……。

着替え終わり長椅子に腰掛けると、九番をつけた丸刈りの男がニヤニヤしながら横に座ってきた。猿のような顔をしている。見るからにお調子者の性格だ。背は孝弘より少し高いくらいで大きいが、あまり強そうには見えない。腕や足がマッチ棒みたいに細い。

「アンタ、坂本さんだろ？」

試合が始まるまでの二十分間、気を集中させようと思っていたのに、鬱陶《うっとう》しい奴だ。

「ああ」

と短く返答すると、男は安堵《あんど》の息を吐いた。

「良かった〜、アンタと同じチームなんて運がいいぜ。なあみんな！」

頷く選手が何人かいる。その他の者は、腕っ節に相当の自信があるのだろう。

「でも彼は……」

どこからか聞こえたその声に、九番は慌てる。

「俺の名前は、林田紀男《はやしだのりお》。二十五歳」

「俺と一緒か」

「ああ！」

みんな孝弘と林田の会話を黙って聞いている。

「どうしてこの大会に出ようと思った。俺が見る限り、あんた、あまり強そうじゃないけどな。人を殺せるような悪人面でもないしな」

スパイクを履きながら冷たくそう言うと、林田の笑い声が室内に広がった。

「まああそう言うなって。俺にも……色々な事情があってよ」

ここには追いつめられた人間が多い。そうでもなければ、こんな試合に出ようと思うはずがない。

「嫁が……病気で入院しちまってな。とにかく、金がいるんだよ。このままだと、追い出されちまうんだ」

こういうケースは初めてだった。

妻のため……か。

「そうか」

「アンタはなぜ、何度も試合に出るんだ？　何か理由でも？」

「俺の事はどうでもいいだろ。ただ金が欲しいだけだ」

「ただそれだけか……すげえ度胸だよな」

スパイクを履き終え顔を上げた途端、全員、孝弘から視線をそらした。仲間にビビッてどうするんだ。まあ、無理もないか。

「なあ、一番のアンタ。どうしてこの大会に出ようと思った？」

林田が、違う男に話しかけた。目の尖《とが》ったいかにも性格が悪そうな奴。背は低いが、筋肉質。使えそうだ。

「俺は薬《ヤク》が欲しいんだよ。文句あるか」

「ほう……」

孝弘は思わずそう洩《も》らしていた。

ヤク中か。このゲームは狂っていれば狂っているほど役に立つ。

「じゃあ、アンタは？」

林田は、四番に質問した。

「俺はな、自分の力を試しにきたんだ。どこまで通用するか。もちろん金も必要だ」

デブ男。声も太い。髪はボサボサで汚らしい。顔もかなり不細工だ。プロレスラーになった方がいいと思うが。

「二番の……アンタは？」

「僕は……会社が倒産してしまって……借金が……」

中肉中背。顔には自信がない。二番は生き残れないと孝弘は確信する。

「三番は？」

「お前らには関係ないだろ」

と口を尖らせてそっぽを向いてしまった。短い金髪の男。見るからにまだ若い。十八くらいか？　暴走族あがりか。喧嘩《けんか》は強そうだし、度胸はありそうだ。

「俺はよ、ヤクザとちょっともめちまってよ～それでこの試合に出ることにしたんだ」

何だこの六番の髪型は。長い髪をスプレーかワックスでツンツンに立たせている。まるでハリネズミのような男だ。林田と同様、お調子者タイプか。

「実は俺もそうなんだ」

と七番が手を挙げた。六番とは全く逆で硬派タイプか？　妙に落ち着いている。オールバックが印象的だ。戦力になりそうだ。

「ヤクザに絡まれている女を助けたら、怪我をさせちまってな。それだけで五百万だ」

「ひで〜話だ」

と林田が口を開く。

「運が悪いな。俺はギャンブルで自業自得よ」

割って入った八番の台詞《せりふ》に、孝弘の眉《まゆ》がピクリと動いた。

「競馬がないと生きていけなくてな。今じゃ借金まみれよ」

三十歳前後か。スキンヘッド。歯がスカスカだ。根性はなさそうだし、弱そうだ。毎晩飲んだくれているイメージを孝弘は思い浮かべた。すぐ殺《や》られるな。

「私は……株が大暴落しまして」

五番は中年おやじ。八番と同様、三十代前半か。前髪が揃っている。ヅラか？　一見、使えなさそうだが、ガタイはいい。若い頃からずっとスポーツをしていたのだろう。

「十一番は？」

イスの上で腕組みをし目を閉じている十一番は林田の声に反応を示さなかった。

「あっちゃ〜、コイツ寝てるのか？」

柔道選手のような体格をしている十一番。頭が丸くて異様にでかい。ついでに神経も図太い。こういう奴は意外と最後まで生き残っている。

「じゃあいいや、十三番は？」

「俺は、五千万もする外車が欲しくてよぉ〜」

そんな理由でここに来るのも珍しい。単なる馬鹿か。顔も間抜けそうだ。チャラチャラと生きていそうな感じ。こんな奴はいらない。

「俺は一番と同じくだ。薬《ヤク》が欲しい。禁断症状が辛《つら》くてな」

長細い顔に無造作ヘアーの十二番。既に目がイッてしまっている。貧乏揺すりも激しい。

林田は呆《あき》れながら次の男に質問する。

「俺も、バカラでちょっとね」

十四番は遠慮がちにそう言った。整った顔立ちは女に相当もてそうだ。背も高いし、ガッチリしている。二十歳かそこらか。

「バカラね」

と孝弘は呟《つぶや》いた。あれは危険なギャンブルだ。ハマッたら最後、地獄を見る。

「じゃあ一応、十五番。キーパーのアンタにも聞いておくよ」

その声に白い帽子の十五番はハッと振り向いた。よく見ると女っぽい顔立ちをしている。少女漫画に出てきそうな男子生徒。彼は照れくさそうにこう言った。

「キーパー募集をしてたから、軽い気持ちで応募したら、当選しちゃって」

「そっか。いいな。俺もそっちに応募すればよかったよ。でもそんなこと言っていられないしな。選ばれただけでも運がいいと思わないとな」

一人ひとりの話を聞いているうちに、時間はアッという間に過ぎ去り、試合まで残り三分と迫っていた。

「じゃあ、坂本さん。最後に、唯一の経験者であるアンタから一言もらいたい。みんなを勇気づけてくれ」

鬱陶《うっとう》しいとは思ったが、チームの士気を高めれば勝利にも繋《つな》がると、孝弘は語気を強めてこう言い聞かせた。

「とにかく生き残れ。攻めてくる敵に怯《ひる》むな」

言い終えたところで扉が開いた。そこには案内役の女が立っていた。

「選手のみなさん。そろそろ試合が開始されます。控え室から出てください」

室内が一気に緊張の色へと変わった。無理もない。何分か後には死んでいるかもしれないのだから。孝弘はあくまで落ち着いていた。怖いものなどなにもなかった。

「みんな……行こう」

林田が先頭を歩いた。こうして十五人は薄暗い廊下を一列に進んだ。そして階段を上がり、選手待機場所で一度足を止めた。凄《すさ》まじい観客の声。フィールドはもう、目の前だった。両端には、大きなゴールが構えている。

「それではみなさん。一番から順に縦に一列に並んでください」

案内役の指示に従い、十五人は整列する。

早く出てこい。試合を始めろ。狂った客のヤジが入り交じる。林田がその声にソワソワとしだす。

「大丈夫だよな。大丈夫」

と呟いていている。それ以上に落ち着かないのが十二番。とっくに薬《ヤク》が切れているのだろう。訳の分からない言葉を繰り返しながら身体を左右に振っている。その他の者は一応、冷静だ。いや、装っているだけか。初めての試合にビビらないはずがない。

「それではこれより、みなさんに剣をお渡しします」

五人の係員が同じ剣を持っている。先の尖った大きな剣。光沢を放っている。それを見た瞬間、ほとんどの選手が固唾《かたず》をのむ。もちろん孝弘は動じない。

「これで……敵を」

と林田が洩らす。キーパー以外の十四人に、剣が配られた。

「結構……重いな」

と五番の中年おやじが率直な感想をのべる。

「これがあれば俺は無敵よ！」

突然大声を上げたのはさっきまで寝ていた十一番。肝は据わっているようだ。

「MVPは俺のもんだぜ！」

腕っ節に自信のある四番が吠《ほ》える。

「勝たないとな」

「そうだな」

「とにかくみんな……生き残ろう」

林田がみんなに声をかけると、スタジアムにアナウンスが流れた。

『みなさん。長らくお待たせいたしました！』

いつもの男の声だ。孝弘のボルテージが上がる。

「始まるぞ」

と自分を引き締める。

『半年に一度のゲームが間もなく始まります！』

イカレタ観戦者が沸き上がる。

「これから一人ずつ名前を呼ばれていきます。呼ばれたらセンターラインに一列に並んでいってください」

案内役の指示が出た。

『それではまず、イーストチームの選手紹介を行います！』

スタジアムが一旦《いったん》静まり返る。

『一番！　古都猛《ことたける》！』

歓声。

ヤク中の古都がフィールドにユラリユラリと向かっていった。

『二番！　岡田康広《おかだやすひろ》』

会社倒産の岡田。

『三番！　岩田鉄治《いわたてつじ》』
　ここへ来た理由を話さなかった岩田。
『四番！　佐野進《さのすすむ》』
己《おのれ》の力を試しにきたデブ男。佐野。
『五番！　鶴田竜一《つるたりゅういち》』
中年おやじの鶴田。
『六番！　石橋守《いしばしまもる》』
ヤクザと揉《も》めたハリネズミ石橋。
『七番！　本橋賢作《もとはしけんさく》』
こちらもヤクザ。オールバックの本橋。
『八番！　恩田拓《おんだたく》』
競馬好きのギャンブル野郎。歯がスカスカの恩田。
『九番！　林田紀男』
名前を呼ばれた林田が、こちらを向いた。
「行くぜ」
先程までとは全く違う表情。覚悟を決めたようだ。

『さあそして期待のエース』

孝弘は剣に力を込めた。

『四大会連続MVPは獲《と》れるか！　十番！　坂本孝弘！』

歓声が倍になった。孝弘は小走りでセンターサークルに向かう。

「坂本さん！　頑張って！」

聞き覚えのある声だと観客席を見ると、多くの人間達の中に、道に迷っていたあの女の子がいた。こちらに大きく手を振っている。孝弘は何の反応も見せず向き直り、林田の横についた。そして改めて観客席に視線を移す。

このサッカースタジアムは五万人収容できるが、この大会は五千人しか入《い》れない。誰が決めたか知らないが、チケットが五千枚限定販売なのだ。この様子だと、売り切れたのは確実だろう。

『十一番！　佐藤雄太《さとうゆうた》』

巨体を揺らしながら走ってくる。図太い神経の佐藤。

『十二番！　岡沢綾人《おかざわあやと》』

ヤク中、岡沢。足がふらついている。こんなんで戦えるのか。

『十三番！　小林栄治《こばやしえいじ》』

五千万の車を欲しがる男、小林。孝弘の中で一番気にくわない奴。

『十四番！　西川翔太《にしかわしょうた》』

バカラのイケメン。西川。

『そして最後にキーパー。松谷秀吉《まったにひでよし》』

運のいい奴。松谷が列に加わり、イーストチームは全員が出揃った。選手待機場所には既に赤いユニフォームのウエストチームの十五人が名前を呼ばれるのを待っている。敵を見て孝弘は更に熱くなる。

早くきやがれ雑魚《ざこ》ども。

『次に、ウエストチームの選手を紹介します！』

また場内が一瞬、静まり返る。

『一番！　湯本麻夫《ゆもとあさお》』

一人また一人と相手チームが整列していく。向かい合う男達はにらみ合う。盛り上がる場内。興奮気味のアナウンスが続く。そして、孝弘と同じ十番がコールされた。

『十番！　こちらもおなじみ！　ウエストチームの暴れん坊！　沖田忠信《おきたただのぶ》！』

その名前に孝弘は反応する。全力で走ってくる男に、ニヤリと微笑む。やはり来たか。予測はしていたが。

「よお坂本」

両チームの視線が集まる。

「懲りない奴だ」

ラグビー選手のような体格をしたゴリラ顔。腕や足の毛も異常に多い。背は孝弘より少し小さいか。沖田とはいつも敵になる。毎回、孝弘のチームが勝つのだが、個人としてみると互角。沖田チームが勝てばMVPは奴だろう。どんな敵にも突っ込んでいく凄《すさ》まじさは目を見張るものがある。コイツの餌食《えじき》になる人間は今日も多いだろう。

「坂本。いい加減、俺との決着をつけようぜ」

いつもと同様、沖田は強気だ。孝弘は何も返さなかった。

『十一番！　二宮健一《にのみやけんいち》』

まさかこの名前が呼ばれるとは思わなかった。前の大会で同じチームだった奴だ。友人の保証人になって一千万もの借金を抱えたと言っていたが、チーム戦に勝利しただけじゃ返せなかったのだろう。目も口も垂れ下がった情けない顔。更には、か細い身体。よく最後まで生き残れたなという感想をあの時は抱いた。連続出場とは。

「どうも。坂本さん」

俯《うつむ》き加減の二宮が頭を下げてきた。いきなり怖じ気《おけ》づいている。

「手加減はしない。死にたくなければ俺に近寄らないことだ」

「は、はい」

「恰好《かっこう》いいな坂本！」

と沖田が口を挟んできた。

『十二番！　織田幸太《おだこうた》』

アナウンスは順調に進み、ウエストのキーパーが呼ばれたところで両チーム全員が揃った。場内の盛り上がりが最高潮に達する。もうじき、キックオフだ。

「おいお前ら。この坂本って奴には十分に気をつけた方がいいぞ」

にやけながら言う沖田を孝弘は睨《にら》む。

「知っているだろ？　コイツは前の試合で仲間を裏切って殺したんだぜ？　足を切られてどうせ死ぬからだってよ！　狂った奴の考えはよくわからんぜ！　このゲームは残りの人数で勝敗が決まるのにな！」

二十九人の視線が集まる。孝弘は口を開かない。ほとんどの仲間はその事実を知っているのだろう。だから何も言わない。だが初めてそれを聞かされた者は納得いかない様子だった。

「おい……本当かよ」

「やべえよ」

「聞いてないぞ」

とチラホラと声が上がった。浮き足だった状態では試合に負ける。このままでは士気にかかわると、孝弘は一喝した。

「心配するな！　ゲームに集中しろ！」

「まあせいぜい気をつけな」

と後味の悪いことを言って沖田はこちらに背を向けた。

『それでは両チーム。自軍のゴールまで下がってください』

イースト、ウエストともにアナウンスの指示に従う。

「おい頼むぜ。この試合、アンタにかかっているんだから」

林田に声をかけられるが孝弘は無視した。そんなことは分かっている。俺がMVPを獲るんだから。

二つのチームが両端に並ぶと、サッカーグラウンドが広く感じられた。普段はプロの公式戦で使われる場所だ。面積も、ゴール内側の高さ、幅も全て一緒である。

観客の声援。

高まる緊張感。強く握られた大きな剣。

試合開始の合図の音が鳴った瞬間、戦いは始まる。

孝弘は大きく深呼吸をした。今日も暴れまくってやるぜ。


十年前、このゲームは作られた。十五対十五に分かれ、相手の首を狙って殺し合いをする。そして剣で切った首から頭を足で転がしていき、ゴールめがけて蹴《け》る。一つ入れれば個人に二百万。一回止めた毎にキーパーには五十万。最終的にゴールの数ではなく、生き残った人数で勝敗が決まる。チームが勝てば一人三百万。MVPに選ばれれば五百万もの大金がもらえる仕組みだ。が、決して高い金額とはいえない。殺されてしまえば、そこで終わりなのだから。

もちろんテレビ中継はしない。観客も少人数にとどめている。試合時間は前半十五分。ハーフタイム十五分を挟み、後半も同じく十五分。その短時間でいかに稼ぐかが勝負だ。この大会のおかげで何千万もの賞金を手に入れることができた。借金どころか、家には莫大な金が眠っている。使い道に迷うほど……。

二年前。この試合に、出るしかなかった。

孝弘はどん底生活を送っていた。ギャンブルに明け暮れ、女にも入れ込んでいたため、気が付いた時にはヤクザに追われる身になっていた。とうとう逃げられなくなり、死を覚悟した孝弘の前に、一人の幹部が現れた。

『お前も聞いたことくらいはあるだろう。闇のサッカー。それに出ろ。俺が裏で手を回してやる』

それがきっかけだった。孝弘に選択肢はなかった。強引にスタジアムに連れて行かれたのだ。だが自信はあった。小さい頃は友達の間でサッカーの達人と呼ばれていたし、剣道も空手も段を持っている。喧嘩《けんか》も強かった。もちろん緊張はしていたが、まさかこの世界で名を轟《とどろ》かせることになろうとは。デビュー戦からMVP。人間の首を切り、ゴールに入れまくった。試合後、フィールドは血の海と化した。

その一試合で借金は全て返した。が、欲がでた。次も、その次の大会も出場した。連勝だった。それでも満足することができず、今もこうして芝生の上に立っている。体力が続く限り、試合には出ようと思っている。連続MVPもかかっているのだから。

「さあ行くぞ！」

四番のデブ男、佐野進が雄叫《おたけ》びを上げた。

「おお！」

何人かの選手が声を上げる。敵も気合いを入れている様子だった。孝弘はただ、静かにその時を待つ。

イースト、ウエスト、にらみ合いが続く。

『それでは選手のみなさん！　準備はよろしいでしょうか！　これより、試合を開始します！』

アナウンスの後、場内にプレイの合図が鳴り響いた。その瞬間、ほとんどの観客が立ち上がった。

「行け！　やっちまえ！」

こちらに剣を向けながら沖田がそう吠《ほ》えると、ウエストチーム十四人が武器を上にかざしながら怒濤《どとう》のごとく襲ってきた。その光景にイーストは一瞬怯《ひる》む。が、ただ一人その大群に向かっていく男がいた。孝弘だ。全力で駆け抜ける。それにようやく続いた仲間たち。雑魚《ざこ》どもを従えた先頭の沖田との距離が狭まる。だが孝弘は足を止めなかった。ついにはすれ違う。

「前半はお互い賞金を稼ごうや！」

後ろからそう聞こえてきた。振り向かない孝弘。最初のターゲットを絞ったのだ。五番の、もやしっ子野郎だ。いかにもって感じの奴。自分が狙われていることに気づき、五番は悲鳴を上げて逃げてしまった。他では既に戦いが行われているようだ。剣と剣がぶつかり合う音。男達の怒声。戦争だ。

「遅い」

と呟《つぶや》き、孝弘は背中を追う。センターサークルを越え、敵のゴールエリアに入ったところで、とうとう一人目を捕らえた。躊躇《ためら》いなく五番の首を切った。飛びかかる血しぶき。ゴロリと落ちた頭。

観客からどよめきの声が上がる。

『坂本選手！　早くも五番、高橋《たかはし》選手を倒しました！　さすがMVP最有力候補！』

目についた血を拭《ぬぐ》い、後ろを振り返る。敵は誰も襲ってきていない。各々、戦闘に必死でこちらに不意打ちする余裕などない。足下には五番の頭。目を剥《む》いて口を大きく開けている。これではまだ賞金は入らない。目の前のゴールに入れなければ。

孝弘はその頭をうまく転がす。

『さあ最初にゴールを決めるのはやはり坂本選手か！』

キーパーに止められては意味がない。近づきすぎるのは得策ではない。孝弘は右端を狙い思い切り蹴った。鈍い感触が、伝わった。

「うわあぁ！」

帽子を被《かぶ》ったキーパーは飛んできた頭に恐怖し、一歩も動けなかった。頭はネットに突き刺さった。

「ちょろい奴だ」

『ゴォォォォォォル！　坂本選手！　早くも一ポイントを獲得！』

場内が歓喜に包まれる。

すげえぞ坂本！　どんどん殺《や》っちまえ！

という声が聞こえてくる。あくまで冷静な孝弘。近くに敵がいないかと踵《きびす》を返す。靴は早くも血に染まっていた。

ほとんどの人間がイースト寄りにいる。ウエスト側には孝弘と相手キーパーだけだった。走り出そうとしたその時、またもや場内にアナウンスが広がった。

『ゴォォォォォォル！　沖田選手、八番、恩田選手を倒しゴールを決めました！　両チームのエースがこれで一ポイントずつ取りました！』

そんなこと俺には関係ないと、孝弘は芝生の上を猛然と走った。目についたのは、センターラインで誰とも戦わずに時間が経つのを待っている十三番。キョロキョロと様子を窺《うかが》っている。真っ白い顔に長髪。ああいう奴が一番嫌いだ。腰抜けには消えてもらう。他の敵には目もくれず、孝弘は十三番に向かっていく。

『坂本選手！　今度はどの選手を標的にするのでしょうか！』

余計なアナウンスが入ってしまったため、こちらに背中を向けていた十三番が気付いてしまった。

「くっそ！」

と口を動かす十三番。彼に逃げる余裕などもうなかった。孝弘が剣を振り下ろすと、剣をぶつけて応戦した。顔が引きつる十三番。

「ほう」

と孝弘は感心する。すぐさま次の攻撃をしかける。今度は上手《うま》く屈《かが》んで避けた。が、その時点で命を落としたようなものだった。がら空きの身体。孝弘は思い切り首を切り落とした。

『坂本選手！　凄《すさ》まじい威力！　早くも二人目！　十三番、秋本《あきもと》選手を倒しました！』

芝に落ちた頭を踏みつけ、剣についた血を払い、周りで戦っている敵、味方に凍《こお》り付いた瞳《ひとみ》を向けた。少しの間、試合がストップした。

「ひぃぃぃぃぃ！」

恐れをなした敵が離れていく。奴は人間じゃない、という震えた声も聞こえてきた。

『さあセンターサークルからゴールへ一気に突き進むか！』

近づいたら殺す、という目で相手を牽制《けんせい》し、孝弘は巧みなドリブルでゴールに向かう。地面を転がる十三番の目はギョッと開き、口からはダラリと舌が垂れている。これが負けた人間の姿だ。

背後から敵が迫ってくる気配など全くなかった。ゴール前。孝弘は右と見せかけて左に蹴るというフェイントを使った。キーパーは早くも慣れたのか、二度目のシュートには反応し、飛びついた。止められたか、とヒヤッとしたが、十三番の頭はゴールに吸い込まれた。

『ゴォォォォォォォル！　坂本選手！　二ポイント目をゲット！』

そのアナウンスに観客は沸き上がる。女子の声援もチラホラと耳に届く。

よし。ガンガンやってやる。

『ウエストチームも負けじとゴォォォォォル！』

また沖田かと自軍のゴールに注目したが、違うようだ。奴はイースト側の右コーナーエリア付近で戦っている。

『七番森脇《もりわき》選手！　二番、岡田選手を倒しシュートを決めたぁ！』

会社が倒産した奴か。試合前から自信がなかった男だ。これでキーパーを除き、十二対十二の五分。前半、残り九分。

孝弘はセンターサークルに注目した。アイツは誰だ。二人の敵の連続攻撃を避けるので精一杯といった感じ。防戦一方だ。その隙を狙うか。敵二人はこちらに背中を向けているのだ。

孝弘は急いでその場に向かう。殺られそうなのは……十三番！　五千万の車を欲しいと言っていたチャラチャラ男。

別に助けるつもりはないが……。四番、八番の敵に小林は苦戦している。どちらでもいいと孝弘は四番の後ろから首を切った。と同時に、小林は八番に殺された。

『おおっと！　もの凄《すご》い展開！』

孝弘を見た八番が、芝生に転がった小林の頭をそのままにして逃げようとした。

「待てよ」

「え？」

八番は素直に足を止めた。

「決めてこいよ。俺はそいつが気にくわなかったんだ」

とだけ言って、孝弘は四番の頭でドリブルする。

「もらったぜ！」

突然、背後からの声。振り向いた時には敵が剣を上にかざしていた。孝弘はその攻撃を軽くかわし、相手の腹を切り裂いた。

「うあああああ！」

十二番。坊主頭。もうそれしかわからない。敵は苦しみながら倒れた。まだ息はある。が、さすがの孝弘でも二つの頭を持っていくのは無理だった。

「誰でもいい！　コイツの首を切れ！」

周りにいる仲間にそう命令すると、

「ヨッシャー」

と大声を上げながら十一番の佐藤雄太が大きな身体を揺らしながらやってきた。孝弘は一足先にゴールへと向かう。左右から伸びてきた攻撃を剣で避けながら。

『すごい！　坂本選手！　まさに鬼神！』

そして、ゴール前。シュート。

『またもや決めた！　三本目！』

後ろから佐藤がドリブルでやってくる。そして、十二番の頭を思い切り蹴った。しかし、運悪くキーパーに止められてしまった。

「くっそおおお〜」

佐藤は悔しがる。孝弘は声をかけることなくセンターサークルに戻る。

『イーストもファインセーブ！　八番、黒川《くろかわ》選手！　十三番、小林選手の頭をシュートするも止められた！』

観客からはため息。すぐに空気は一変した。

『沖田選手！　ゴォォォォォォル！　四番、佐野選手の頭を決めた！』

腕っ節に自信のあった佐野がやられた。沖田の前では奴も赤子同然だったか。

『熾烈《しれつ》な争い！　残り三分！　十対十。ＭＶＰが坂本か沖田のどちらに渡るかも楽しみになってきた！』

「アンタ……やっぱりすげえよ」

林田に声をかけられた。唖然《あぜん》としている。

「ボーッとするな。やられるぞ。戦え」

「あ、ああ……」

フィールドに、赤色が目立ち始めた。芝生がヌルッとしているのはそのせいだ。滑らないように気をつけなければならない。試合が終わる頃にはほとんど緑は見えなくなるだろう。

『さあ前半、残り二分を切った！』

もう一人くらいいけるか。ここから一番近いのは……十一番。前回のチームメイト、二宮健一。悪いが奴には消えてもらう。狙いを定めたライオンの如く、孝弘は二宮を狙いにいく。その途中に、イーストチームにまた得点が入った。

『ゴォォォォォル！　七番、本橋選手が一番、湯本選手の頭を入れ込んだ！』

なかなかやるな。

『ウエストチームもゴォォォォォル！　またも沖田選手！　これで三本目！　一番、古都選手、呆気《あっけ》なくやられゴールを決められた！』

目つきの悪いヤク中か。使えそうだとは思ったが、買いかぶりすぎたか。相手が悪かったか。

これで九対九。また振り出しか。

俺が二宮を倒せばリードして前半を終えられる。

その彼と、目があった。

「チッ」

孝弘は舌打ちをした。残り時間がもう少ないせいか、いや、戦っても絶対に負けるからだろう。奴が逃げ出したのだ。

『坂本選手！　走る走る走る！　最後にもう一人いけるか！』

二宮が首だけを動かし距離を確認する。怯《おび》えた表情。あと何メートルか。もう少しで捕らえることができる。

「二宮！」

場内に響くほどの大声を出すと、観念したのか、それとも体力の限界がきたのか、彼の足がようやく止まった。そして、こちらに身体を反転させる。

「悪く思うな」

と言って、二宮の脳天目がけて攻撃した。仕留めたと思ったが、奴はうまく剣で防御した。金属と金属のぶつかり合う音。もう一発、のはずだったのだが、そこで前半終了の合図が鳴ってしまった。観客の残念そうな声。

『ここで前半終了！　坂本選手！　二宮選手を倒すことはできませんでした。結局、九対九の同点のままです。後半戦が楽しみです！』

「なかなかやるな」

と孝弘は声をかけた。二宮は安堵《あんど》の息を吐くだけだった。

『選手のみなさんは控え室に戻ってください。十五分後に試合を再開いたします』

ゴール内にむなしく転がっている血まみれの頭と、フィールドに放置されている死体を片づけるために、十人くらいの係員が選手待機場所から現れた。彼らと入れ替わるようにして、選手達はグラウンドを後にした。

「おい坂本。後半キッチリ勝負をつけようぜ。お互い、雑魚《ざこ》どもをブッ倒してからな」

沖田の声が後ろから聞こえてきたが、孝弘は何も返さず、控え室に戻ったのだった。


扉を開けると、仲間がイスに座り休憩していた。その他の者も続々とやってくる。

孝弘はロッカーを開けてタオルを取りだし、全身の汗を拭《ふ》いた。そして、誰も座っていない長椅子に腰掛ける。深い息を吐き、周りを見渡す。十五人が、十人に減った。

控え室の空気は、前半と違って明らかに重い。ほとんどの者が俯《うつむ》いてしまっている。

無理もないだろう。初めての試合なのだから。後半はもう少し頑張ってもらわないと困る。最も目についたのは、三番の金髪野郎。岩田鉄治。ここへ来た理由を話そうとしなかった奴だ。こういう男に限って小心者なんだ。孝弘は、鼻でフッと笑った。

「おいおいどうした。身体がガタガタ震えてるぞ」

十一番の佐藤雄太が見下すように言いながら岩田に近寄った。

「う、うるせえ。お前には関係ないだろ」

二人のやり取りに注目が集まる。孝弘は面白がる。

「まあお前も借金があるからここへ来ているんだろうが、そんなんじゃ後半、殺されちまうぞ」

その台詞《せりふ》に怒りを爆発させた岩田は立ち上がり、佐藤の胸ぐらを摑《つか》んでこう言った。

「てめえに何が分かる！　お、俺の気持ちなんて分かってたまるか！」

「二人とも……もう止《や》めましょう。力を合わせなければこの試合、勝てないんですよ？」

五番の中年おやじ。鶴田が二人の喧嘩《けんか》を止めに入った。

「そうだな」

と七番、本橋が頷く。

「でもよ……俺ら生き残れるのかよ。もう五人も殺《や》られたんだぜ。あの沖田って奴。特に強いぜ」

ヤク中の岡沢が貧乏揺すりをしながら、そう呟《つぶや》いた。コイツも前半と違ってかなり弱気だ。

「まあ……大丈夫だろ。こっちには最強の男がいるんだからよ。一人で三点だぜ。すげえよ」

ハリネズミ男、六番の石橋が孝弘に視線を向けた。お調子者はこれだから困る。ただ、石橋のその発言が選手を少し安心させたのも確かだった。

それからしばらく、控え室は沈黙となった。孝弘はただ、後半の動きを考えていた。最終的に沖田とは決着をつけなければ。

突然、扉がノックされ、開かれた。案内役の女が入ってきた。

「松谷さんいますか？」

その名前にキーパーの男が反応する。

「あ、はい。何でしょう」

「友人の方が正面ロビーでお待ちです」

「友人……誰だろう」

松谷は怪訝《けげん》そうに立ち上がり、室内から出ていった。

「それと、鶴田さん。奥さんからお電話です。事務室までご案内します」

「はい……分かりました」

鶴田は女に連れられ出ていった。バタンと扉が閉まると、再び静寂が訪れた。

よくあることだ。ハーフタイムに彼女や妻が電話をかけてきたり、スタジアムまで訪れたり。心配するのも無理はないが。

それよりも、気になる奴がいた。九番。林田。あれだけお喋《しゃべ》りだった男が、イスに前屈《まえかが》みに座ったまま、全く動こうとしない。深く悩んでいる様子だ。

どうしたというのだろう。この俺が他人に気をとめるなんて。最初に話しかけてきた人間だからか。

「おい。どうした」

隣に座る。声までかけていた。

「いや……ちょっとな」

「ビビッているのか。だったら帰っちまった方がいいぞ」

と冷たく言い放った。林田は俯きながら首を横に振る。

「違うんだ。妻のこと……考えていたんだ」

「病人って言っていたな」

「ああ。もし試合に勝てても、金……足りねえよ。五百万くらいは必要だからよ」

そのことか。

「自分次第だろ」

「そうなんだけど……俺には人……殺せねえよ」

「やるしかないだろ。やるかやられるかなんだ」

「分かってる。分かってるけどよ」

「自分で何とかするしかないな……これぱっかりは」

同情はしない。孝弘は立ち上がり、林田から離れた。

アンタが羨《うらや》ましいよ、と聞こえたが、言葉は返さなかった。

それから十分後。再び扉が開いた。案内役の女がこう言った。

「みなさん。後半戦が始まります。控え室から出てください」

その指示通り、選手達は控え室から出て、廊下を歩き、選手待機場所で剣を渡されるのを待った。五番の鶴田とキーパーの松谷も、既に合流していた。

係員に武器をもらった九人は、自軍ゴール前に並んだ。

『さあイーストチームは準備万端！　後半戦、どんな戦いを見せてくれるのでしょうか！』

そのアナウンスの後、ウエストチームが入場し、同じくゴール前に並んだ。お互い、五人ずつ欠けた状態。

『みなさまお待たせしました！　これより、後半戦を行います！』

スタンドは興奮一色。前半戦より更に凄《すご》い盛り上がりをみせる。

「おいお前ら！　金が欲しけりゃ敵を倒すしかねえんだからな！」

佐藤雄太がチームの士気を高める。

奴の言う通り。相手を殺すのみだ。

隣の林田を一瞥《いちべつ》する。目を瞑《つむ》り、何かブツブツと唱えている。別に声はかけなかった。

『それでは、試合再開です！』

後半戦開始の合図が場内に鳴り響いた。観客の声援と入り交じる。

「いくぞおおお！」

沖田のかけ声と共に、ウエストチーム九人が襲ってくる。

「ぶっ殺せ！」

孝弘が吠《ほ》えると、イーストチームも走り出す。そして、両軍がセンターサークル付近で激しくぶつかった。

「おらおらおら！」

沖田の声が聞こえてきた。凄《すさ》まじい気迫。

「うあああああ」

早くも呻《うめ》き声が上がる。どこからだ、と確認すると、イーストの十四番、西川が肩をやられている。相手は、沖田だ。言うまでもなく、西川は首を切られた。

『沖田選手！　後半戦早くも一人目を捕らえた！』

沖田はドリブルでイースト側のゴールに走っていった。

『ゴォォォォォル！　しかしキーパー松谷どうした！　手を出しかけたが引っ込めた！』

やるな、と感心していると、背後からいきなり襲われた。

「お前を倒さなきゃ、俺らに勝ちはねえ！」

素早く振り向き、応戦する。背番号九番。頬に傷の入った人相の悪い男。体格はかなり良い。力も強い。だが、敵ではない。

「なめるな」

剣を横に思い切り振る。九番は身体をひねり次の攻撃を繰り出してくる。

「遅い」

と言って孝弘は一歩下がり、すぐさま九番の喉《のど》に剣を突き刺した。

「うあああああ！」

男はのたうち回って倒れた。孝弘は、凍り付いた目でその様子を見つめ、首を切り落とした。

『坂本選手！　強い！　誰もこの男を倒せないのか！』

得意のドリブルで頭を転がしていく。しかし、髪が足にまとわりついてうまくドリブルができない。

「うぜえ！」

それでも何とかゴール前にたどりつき、自慢の右足でシュートを放つ。よほど力が入ったのか、鼻が折れる感触が伝わった。

『ゴォォォォォル！　四本目！　沖田選手に並んだ！』

これで八百万円を獲得したことになる。だが、まだ満足できない。

ウエスト側のゴールから、戦いの中心部に戻る。

「私には妻がいるんだ！　負けるか！」

五番の鶴田。

「俺も借金を返さないとヤクザに殺されるんだよ！」

六番のお調子者。石橋。

「薬《ヤク》が切れてんだ！　俺に近づくと死ぬことになるぜ」

十二番の岡沢。

後半戦。仲間の気迫は十分だ。ようやく試合に慣れてきたようだ。しかし、九番、林田。奴はまだ、迷っている。一体何をしてやがる。

『イースト十二番！　岡沢選手！　三番、井上選手を倒した！　ゴール！　岡沢選手！　後半四分！　一本目を決めました！』

　ヤク中がとうとうやりやがった。孝弘は更に気合いを入れる。目についたのは六番。モヒカン男。バンド野郎か。膝《ひざ》に手をついて息を切らしている。

「た、助けて。助けてくれ……」

泣いて命乞《いのちご》いをする男に、孝弘はニヤリと微笑んだ。

「知るか」

『坂本選手！　後半六分！　追いつめた六番を仕留めた！　これで八対六！　イーストチームがややリード！』

殺しただけでは意味がない。俺は金を稼ぎに来ているんだ。

向かう所はただ一つ。ゴール前。変則的に転がる頭に手こずることなく、孝弘はゴールエリア内でシュートを放った。六番の前歯が割れ、芝生に散った。飛びつくキーパー。だが、止めることはできなかった。

『ゴールゴールゴォォォル！　坂本選手！　五本目をゲット！　この勢いどうすればいいんだ！』

　誰も孝弘を倒すことができないと分かると、客からは、坂本を殺せ、などという声が上がり始めた。

「黙れクソども」

孝弘はそう吐き捨て、急いで次の獲物を狙いに行こうとした。が、その時、ウエスト側の右サイドライン付近から、叫び声がした。

「た、た、助けてくれ！」

と必死に求めているのは、三番、岩田鉄治。二人の敵に攻められている。どちらも沖田ではないのが幸いだが、もう限界ギリギリといった様子だ。

「死にたくねえ！　誰か！　早く来てくれ！」

「チッ仕方ねえ」

駆け出そうとした孝弘は足を止めた。五番、鶴田が救出しに向かったのだ。しかし、時既に遅し。怒濤《どとう》の攻撃を防ぎきれず、岩田は首を切り裂かれた。

『後半八分！　岩田選手とうとうやられてしまった！　これで七対六！　前大会と同じく接戦です！』

その直後だった。

『今度は六番、石橋選手が十四番、南《みなみ》選手にやられた！　イーストチームがた落ちか！　これで六対六の同点だ！』

フィールド上に人間が少なくなっていく。

「馬鹿が」

孝弘はがむしゃらに走る。そして、十一番、佐藤と戦っている八番黒川の背後から不意打ちを喰《く》らわせた。

『何人倒せば気が済むんでしょうか！　坂本選手！　これで六対五！　再びイーストチームがリード！』

「よ、よくも俺の獲物を」

横取りされた佐藤は文句を言ってきた。

「そんなこと言っている場合か」

孝弘は猛スピードでゴールに進む。

『ゴォォォォォル！　これで坂本選手のＭＶＰはほぼ確定か！』

その矢先だった。

『沖田選手！　佐藤選手が油断しているのを見逃さなかった！』

使えねえ。余所見《よそみ》しているから殺されるんだ。

『沖田選手！　確実にゴールを決めた！』

残り、五分三十秒。五対五。このままでは同点で終わってしまう。そんなんじゃ納得しねえ。絶対に勝ってやる。

だがこの試合。そううまくはいかなかった。この大事な時に、センターサークルの中で、一人の男が狂いだしたのだ。ヤク中、岡沢だ。幻覚を見ているのか、そばに誰もいないのに、剣をブンブンと振り回している。

「俺最強！　ひゃーひゃっひゃっひゃ！」

完全に我を見失っている。それ今だ、とばかりに十四番の南が岡沢を狙っている。慎重に、一歩、また一歩と近づいていくのだ。

「くそが！」

これ以上、チーム内の人数を減らす訳にはいかない。孝弘は救援に向かった。

『岡沢選手！　突然の凶暴化！　一体どうしたというのでしょうか！』

エキサイトするアナウンス。観客のざわめき。孝弘はひたすら走る。そして、十四番が岡沢に攻撃をしかける寸前、ようやく追いついた。

「こっちだ！」

俊敏に反応する十四番。岡沢から孝弘に身体を向ける。背丈は百六十センチ台と小柄だが、腕の筋肉が不自然なほど発達している。顔には、自信がみなぎっている。

なかなかいい剣を使うし、コイツやりやがる。沖田がいなければ、奴が一番だ。

「おりゃおりゃおりゃおりゃ！」

十四番から三連続、突きが出された。かなりのスピードに、孝弘は必死に避ける。隙がない。攻撃する余裕がなかった。

『おおっと！　十四番、南選手！　坂本選手を翻弄《ほんろう》しています！』

「ひゃーっひゃっひゃっひゃ！」

岡沢は激しく踊っている。

「どうした！　お前の実力などそんなものか！」

と小馬鹿にされた孝弘。沸々と怒りがこみ上げてくる。

「死ね坂本」

十四番からの渾身《こんしん》の一振り。上半身をのけ反らせて何とかかわした。と思ったのだが、頬の辺りから、ツーと温かい液が垂れてきた。手で拭《ぬぐ》うと、ベッタリと血がついていた。それを見ているうちに、孝弘の頭の中も真っ赤に染まっていく。

「この野郎……」

孝弘の目が、光った。

「もらったぁ！」

脳天に襲いかかってくる攻撃を剣ではじき、十四番の胴体を、切った。

「うおおおおおお！」

男はのたうち回っている。

これで勝ったろう。

首を切断しようとしたその時。

「うぎゃあああああ！」

岡沢が発狂した。十四番の南に苦戦している間に、相手の二番に殺られてしまったのだ。

『ウエストチームすぐに同点にもっていったぁ！』

「くそが！」

南との戦いで体力をかなり消耗してしまった孝弘は、荒い呼吸を繰り返す。だが、立ち止まっている訳にはいかない。

イーストで残っているのは、五番鶴田。七番本橋。そして。

林田と、目があった。ボーッと突っ立ってこちらを見ている。

『さあ試合終了まで残り四分を切った！』

孝弘の頭に、アナウンスの言葉が響いた。

時間がない。残り四分。同点。苦しんでいる南の頭を切断しドリブルしてシュートしてから、ここに戻ってくるまでに一分はかかる。その間に奴らが殺られる可能性がある……。そしたら、負ける。いや、それはこの行為が決して同情ではないという言い訳か。

俺らしくねえ。

南の胴体から、首を切る。

孝弘は肩で呼吸しながら小さく口を開いた。

「……林田」

彼は、動かない。

「林田！」

叫ぶと、ようやく反応を見せた。孝弘は南の頭を林田に軽くパスした。

「決めてこい。チャンスは一度だけだ」

林田は驚きを隠せない。

「……え？　でも」

「早く行け！」

「わ、分かったよ……ありがとう」

そう言って、林田はおぼつかないドリブルでゴールに向かっていった。そして、恰《かっ》好《こう》の悪いシュートを放った。キーパーは、一歩も動けなかった。

『林田選手！　決めたぁ！』

「他人に獲物をくれてやるとはな！」

後ろから突然、沖田が襲いかかってきた。即座にかわすが、素早く次の攻撃をしかけてくる。

「もう邪魔してくる奴はいねえだろ！　決着をつけようぜ！　三分で仕留めてやるぜ！」

来やがったか。望むところだ。

『とうとうエース同士がぶつかった！　試合も大詰め！　この戦いは見物です！　果たしてどちらが勝つんだ！』

スタジアムが揺れるくらい、観客の声が場内に響いた。この日一番の大盛り上がり。

「遺言書は書いてきたかい！」

沖田の突きが喉の辺りに伸びてくる。孝弘は首を動かし剣を横に振る。そう簡単に切れる相手ではない。少しでも隙があれば殺せるんだが……。

剣と剣が激しく重なった。にらみ合う。力勝負。二人は歯をむき出し、お互い押し合う。両方、一歩もひかない。やや孝弘がリードしだす。沖田が下がり始めた。

「うぐぐぐ」

苦しそうに沖田は耐える。だがとうとう我慢しきれなくなり、剣を外し横にジャンプした。その隙に孝弘は攻撃する。普通の相手なら確実に喰《く》らっていただろうが、沖田には通用しなかった。芝生の上を転げ、素早く立ち上がった。観客がどよめく。

『沖田選手！　凄《すご》い身のこなし！』

「やるな」

「お前こそ」

再び剣が交じり合う。孝弘の攻撃を沖田は上手く受け止める。カンカンカンと金属の音がなる。今度は沖田の番。孝弘も器用に剣で身を守る。

『残り二分を切った！　この展開、全く予測がつかない！』

「おらおらおらおら！　死にやがれ！」

額に汗しながら沖田は武器を乱暴に振ってくる。反撃を狙うがそのチャンスがなかなかやってこない。ボクシングで言ったらジャブ程度の攻撃しか出せないのだ。

「しぶとい奴だ！」

幾度の空振りに苛《いら》つく沖田。余裕の表情を作る孝弘。二人とも息が荒い。体力の限界に近づいてきている。

「うおおおおおお！」

沖田が止まっている間を見計らい、孝弘は残りの力を振り絞り、剣を大きく上にかざした。そして頭のど真ん中に思い切り振り下ろした。

ガキン、という鈍い音。両手に痺《しび》れが伝わった。今度こそ捕らえたと思ったのだが、沖田は辛うじて剣で防いだのだ。

『凄い！　沖田選手、坂本選手に一歩もひきません！　残り一分三十秒！　決着は付くのか！』

残り時間が少ないと知ると、沖田の様子が突然変わった。剣をブラリと下げて無防備な状態となり、一言。

「このままじゃ埒《らち》があかねえ。仕方ねえ……」

秘策か？　一瞬の隙もみせられなかった。沖田は後ろにいる一人の仲間に何か合図を送った。すると十一番、二宮がこちらに向かって走ってきた。

「どういうつもりだ」

沖田は口を開けて大きく笑った。

「はっはっは。今日は何が何でもお前を倒してやるぜ！　MVPを阻止しねえとな！　一人で無理なら二人がかりだぜ！」

コイツら、最初からそう決めてやがったな。だがいくら沖田の命令とはいえ、あの二宮が攻撃してこられるとは思えなかった。

しかしそれは、大きな勘違いだった。

「あああああ！」

もうどうにでもなれと言わんばかりに剣を振り下ろしてきたのだ。それは誰もが軽く避けられるような攻撃だったが、コイツ今までと違う。少なくとも俺に立ち向かってこられるような人間じゃなかったはずだ。一か八《ばち》かの勝負に出てやがる。沖田の奴、金で契約しやがったか。それとも何か吹き込んだか。

「お前、死ぬぞ」

と言っても、二宮は震えながらも構えを外さなかった。

「坂本さん！　私も参戦します！」

鶴田が近づいてきたが孝弘は一喝した。

「邪魔するな！　お前らも誰かを二人がかりで殺せ！」

「わ、わかりました」

「余裕だな坂本。お前こそ死ぬぜ」

「やってみろよ。もう時間がないぜ」

挑発すると、沖田、二宮の順で突進してきた。上から横から伸びてくる剣。さすがに対等には防ぎきれないと、孝弘は背中を向けて走った。観客からはブーイング。後ろからは笑い声。

「はっはっは。どうした！　お前らしくないぞ！」

逃げるのも作戦の一つだった。わざと少しずつ距離を縮めさせ、振り返った瞬間に攻撃をしかける。そのワザに二宮が見事はまった。反応しきれずに出してきた剣を大きく飛ばすことができたのだ。武器を失った二宮は慌てて拾いにいく。今だと孝弘は追いかけた。が、すかさず沖田が立ちふさがった。

「てめえ」

「そう簡単に死なせるか」

沖田からの反撃。二宮はすぐに復活してしまった。

『二宮選手！　どうにかピンチから脱出しました！』

「くそ！」

それからというもの、間を置くことのない二人からの連続攻撃。二宮だけを狙うことすらできない。一人が沖田でなければ相手ではないのだが……。

倒せる方法はないか。

『さあ試合終了まで早くも残り四十五秒！　未《いま》だに同点のままです！　このまま終了

してしまうのか！』

その短時間で得策が思い浮かぶはずもなかった。防戦一方のまま、時間は過ぎていく。

『残り三十秒！』

こんな状態のままでは終われねえ。

俺にもプライドがある。何が何でも殺してやる！　絶対に勝ってやるぜ。

防御から一転、孝弘はラストスパートをかけた。二人相手に剣を休めることなく繰り出していく。その攻撃に沖田と二宮は圧倒される。孝弘は前へ前へと押していく。

フェンシングのように突きまくる。

『やはり強い！　これが王者の実力だ！』

孝弘の勢いは止まらない。

『残り十五秒！』

そのアナウンスを聞いても、これならいける、と確信していた。しかし、沖田だって黙ってはいなかった。命を捨てる覚悟を決めたのか、がむしゃらに突進してきたのだ。

「二宮！　切れ！」

二人からの波状攻撃。金属と金属がぶつかり合う音。
『さあ残り十秒！』
とうとうカウントダウンが始まった。
坂本VS沖田、二宮は、攻めと守りを繰り返した。
『八』
交互に襲ってくる剣を、孝弘は巧みにかわす。
『七』
隙のできた二宮の腹を切ろうとするが、沖田の剣ではじかれる。
『六』
どちらも一歩も譲らない攻防戦。
『五』
もう時間がなさすぎた。今大会は、このまま同点で終わるのだろうと誰もが思った。
が、その時だった。
「二宮！」
「はい！」
二人が一緒に剣を上にかざした。すると、曇り空から太陽が顔を覗《のぞ》かせた。武器に反射する光で一瞬、孝弘の目が眩《くら》んだ。それでも後ろに下がったつもりだった。しかし、最後の最後でミスをおかした。つまずいて尻餅《しりもち》をついてしまったのだ。

しまった！

『三』

二人に見下ろされる孝弘。息をのむ。

「とうとう追いつめたぜ！　これで」

『二』

「終《しま》いだ！」

と沖田が叫ぶと、二つの剣が、ギロチンの如く下りてきた。

場内に、終了の合図が鳴り響いた。

『試合終了！』

誰もが、孝弘の戦いに注目していた。アナウンスは、こう続いた。

『残り一秒でゲームが動きました！』

その言葉に、観客はざわつく。

「くそ！」

地面を蹴る沖田。ため息をつく二宮。孝弘は、ゆっくりと顔を上げた。芝生にうつぶせになって倒れている自分。反射的に身体が安全な場所に飛びのいていた。武器を、ほったらかしにして。

そう、殺《や》られていない。だが、試合は動いたと……。首を動かしフィールドを確認すると、顔に血を浴びた、放心状態の男がいた。そいつは、青いユニフォームの九番をつけていた。

「……林田」

足下には、敵の頭が落ちていた。

「や、やりやがった……」

『林田選手！　終了間際に二番、音羽《おとわ》選手を倒しました！　これで四対三！　イーストチームの勝利です！』

その結果に、スタジアムがわいた。しばらくその興奮はおさまらなかった。

未だ動けないといった様子の林田に、孝弘は歩み寄った。身体が微《かす》かに震えている。

生き残った鶴田も、本橋もやってきた。人が変わったように、林田はこう呟《つぶや》いた。

「勝たなければ……勝たなければ金が足りなかったんだ。やるしかなかったんだ」

孝弘は、鼻で笑った。

初めて人を殺した時、ほとんどの人間がこうなる。しかし、すぐ慣れる。こんな簡単に金を得られるのなら、また出ようと思うのだ。

「ありがとう。あなたのおかげだ！」

鶴田が林田の肩に手を置いた。

「最高の働きだった」

と本橋が続いた。

孝弘はただ、こう言った。

「よくやった」

そして、フィールド全体を見渡した。赤く染まった芝生。首のない死体。この悲惨な光景を見て、改めて認識する。

三十分間の戦いは、終わったのだと。

両チーム合わせて二十一人の死者を出したゲームは、イースト側に軍配があがった。

孝弘は、薄ら笑いを浮かべた。

これでMVPは、俺のものだ。

「これで借金が返せるぜ」

「私もです」

喜びを隠せない本橋と鶴田。罪悪感を感じている林田。

「おい坂本」

振り返ると沖田と二宮が立っていた。

「次こそお前を殺してやるぜ。半年後が楽しみだ。逃げるなよ」

「俺を倒したいならもっと強くなってこい」

「は、はい……」

沖田に言ったつもりだったのだが、二宮が頷《うなず》いた。

「MVPはどうせお前だろう。つまらねえぜ」

沖田はそう吐き捨てて、孝弘に背中を向けた。

「お、おめでとうございます」

二宮は頭を下げて沖田についていった。

『坂本！　坂本！　坂本！』

残された項目はあと一つ。MVP発表が迫るにつれて、坂本コールは大きくなっていく。観客の視線は、孝弘に集中していた。

『さあ長らくお待たせいたしました。これより、最優秀選手を発表いたします！　両チーム、センターサークルに整列してください』

イースト、ウエストの生き残りが向かい合わせに整列したところで、MVPが告げられる。選手は指示通り、真ん中に集まっていく。場内が段々と静かになっていく。孝弘は堂々と、フィールドの中心に向かった。そして、位置についた。林田、鶴田、本橋はもう既に整列していた。相手も全員揃っている。あとは両チームのキーパーを待つだけだった。

「アンタしかいねえよな」

と本橋に言われた。当然だ、と孝弘は思う。沖田は依然、悔しそうな表情を浮かべていた。

先にウエストチームのキーパーがセンターサークルに到着した。あとは、イーストのキーパー松谷を待つだけだった。自信に満ち満ちていた孝弘は、じっとしていた。後ろから足音が聞こえてくる。松谷が鶴田の横についたと同時に、アナウンスが流れた。

『それではみなさん！　今大会のMVPを発表します！』

スタジアムが、一気に静まり返る。緊張に包まれた。孝弘は大きく、息を吐いた。

『今大会の』

アナウンスがそう言った。

その時だった。

「あ！　ちょっと！　何するんだ！」

鶴田が突然、声を上げた。何事だと彼に視線を向けた時には、孝弘の腹部は剣によって貫通していた。

「うあ！」

身体に激痛が走った。頭の中が、真っ赤に染まる。ドロドロとした血が、流れ出る。ど、どういうことだ。

刺された部分を手でおさえながら、孝弘は地面に落ちた。何が起こったのだと、選手、観客、関係者、全ての人間が固まった。

血が、止まらない。呼吸が、苦しい。痛みを堪《こら》えている孝弘の前に、二本の足が、立ちはだかった。孝弘はゆっくりと、顔を上げた。そこには、帽子を深く被《かぶ》ったイーストチームのキーパーである松谷の姿があった。彼の持つ剣からポタリ、ポタリと赤い滴が垂れている。

「ど……どういうつもりだ」

「痛いか」

その瞬間、誰もが耳を疑った。どうなっているんだ。男の声じゃない。これは、女の……。

「……誰だ！」

力を振り絞り口を開くと、そいつはもったいぶるようにして帽子をとった。こちらを見下ろすその顔に全員が驚いた。孝弘は更なる衝撃を受けた。

どうして……この子が。

キーパーのふりをしていたのは、試合が始まる前にスタジアムの外で観客入り口がどこにあるかと尋ねてきた女の子だった。前半戦は確かに客席にいた。後半戦は……分からない。確かめていない。それよりもどうやってフィールドに降りてきた？　いつからだ。松谷はどこへ消えたのだ。

まさか！　孝弘はハーフタイムでの出来事を思い出した。友人が来ていると松谷は控え室から出ていった。

あの時か！　ということは、後半戦が始まる直前にはもう入れ替わっていたのか。深々と帽子を被っているだけで、今まで選手や関係者、観客までもがだまされていたのか。このゲームでは全く注目されないポジションとはいえ、ずっと気がつかないとは。

「俺が……何を……」

スタジアムの前で会ったのは偶然ではなかったのか。この女のシナリオ……。コイツにやられるおぼえなど、ない！

「森田《もりた》彩乃《あやの》」

喋《しゃべ》り方も別人のようだ。女はただそう言った。森田彩乃？　聞いたこともない。

「森田俊一《しゅんいち》の……妹だ」

森田俊一……しまった！

前の大会で殺した味方の名前だ。

足を切られて使えないから殺した、ということになっていた。しかし。

「兄貴の仇《かたき》だ」

孝弘の体力が段々少なくなっていく。意識が朦朧《もうろう》としだす。誰も助けにこようとはしない。驚きのあまり、動けないか。

「お前がいなければ、幸せになれたのに……」

女は続けた。

「昔の男の借金を肩代わりしていた私のために、兄貴は試合に出たのよ！　それなのにお前は！」

声が、震え出す。

「その時の同じチームの人に聞いたんだ。ハーフタイムに、お前と兄貴が揉《も》めていたって。それが気にくわなくて殺したんだろ！　そうなんだろ！」

そうだ。その通りだ。控え室で休んでいると、森田の方から突っかかってきた。

『お前ばかり点を取りすぎだ。もう少し仲間のことも考えろ』

そう言われ孝弘は無視していたのだが、森田はしつこかった。段々、腹立たしさが増していった。殺してやろうかと、思った。そして後半残り三分。絶好のチャンスがやってきた。試合は接戦で一人の仲間も失えなかったが、森田が敵に足をやられたのだ。今しかないと孝弘は森田を、切った。問題にされたが、処罰は下されなかった。三大会連続ＭＶＰを獲得しているし、次も期待できるからという理由で。でもまさか、その妹に復讐《ふくしゅう》されようとは……。

「お前のせいで……」

とうとう女が剣を上に構えた。

「そこの女！　動くな！」

ようやく関係者がこちらへと走ってきたが、もう遅かった。

「死ね……坂本孝弘」

誰にも殺《や》られなかった最強の俺が。

無念だ。

孝弘は首を切られ、呆気《あっけ》なく死んだ。森田彩乃は警備員に取り押さえられ、警察へと連れていかれた。その後、彼女の供述通り、キーパーの松谷の遺体はトイレで発見された。が、それら全ての事件は裏で揉み消された。そして、半年後……。

『さあとうとうこの日がやってきました！　期待のエース沖田忠信は今日も暴れまくるのか！　間もなく試合開始です！』

何事もなかったかのように、闇サッカーは行われようとしていた。

ババ抜き

ポタ、ポタ、という音が屋根から鳴り出した。それは段々と激しさを増していき、テレビの砂嵐のような音に変わった。

また、雨だ。梅雨に入ってから五日目。いや、もう六日目か。真夜中の、雨だった。

辺りが寝静まった頃、築三十五年のぼろい平屋からは、微《かす》かな明かりが漏れていた。六畳ほどの薄汚れた畳部屋には、切れかかった電球と、古い柱時計。平山《ひらやま》家の四人は小さな部屋でダイヤの形を作って密談を交わしていた。

今年で二十歳になる健太《けんた》が、襖《ふすま》の奥の部屋に首をまわしながら言った。

「で、どうすんだよ。このままって訳にもいかねえだろ」

左隣であぐらをかいているパジャマに腹巻き姿の父、荘太《そうた》が汚い無精ひげをボリボリとかきながらうなり声を上げる。

「とにかくあとは、バレないように処理するだけだ」

健太の向かいで正座しているピンクのエプロン姿におばさんパーマの母、智子《ともこ》がため息を吐いた。

「そうなるとやっぱり……山しかないわよね」

健太の右には一つ下の従弟《いとこ》、洋平《ようへい》。彼の母が荘太の妹で、昨年、事故で他界した。旦那《だんな》とは離婚しており、親のいなくなった洋平をウチが引き取ったのだ。

「もちろん僕は……関係ないよね？　ね？」

と、いつも以上に弱気な発言をする洋平に、健太は口を尖《とが》らす。

「ふざけんな。お前も知ってたんだから同罪だよ。逃げられると思うな」

「で、でもさ……」

人差し指と人差し指をくっつけてモジモジしながら洋平はブツブツと繰り返している。

「山に処理するとなると……四人では行けないだろう。目立たないためには、一人か二人の行動が一番いい」

荘太の意見に智子が頷《うなず》く。

「そうね」

「じゃあ、その役をどうやって決めるか……だな」

とは言ったが、健太の頭にはアレしか浮かんでいなかった。一番初めにそれを口にしたのが智子だった。

「いつものように、ババ抜きで決めましょうか。それがいいわ」

「ああ。そうだな」

無論、健太は賛成だった。

「やっぱり、そうなるのか……なんとなく、分かっていたけどさ……」

と洋平が頭をかかえながら呟《つぶや》く。

「母さん、トランプ」

荘太の指示に智子は立ち上がり部屋から出ていった。深刻な雰囲気からさらなる緊張が室内に張りつめる。

ここまでは、計画通り。

「持ってきたわよ。健太、きってちょうだい」

智子からトランプを受け取った健太は、二枚あるジョーカーを一枚抜いて、五十三枚のカードを素早くきった。当然、手つきは慣れていた。まるでマジシャンのようだった。その様子を、三人は固唾《かたず》をのんで見守る。

「よし、じゃあ配るぞ」

適当に混ざったところで健太はそう言って、自分から順番に一枚ずつトランプを置いていった。

平山家には、何事もババ抜きで決めるというちょっと変わったルールがある。健太が小さい頃、その理由を聞いたことがある。なんでも、智子は昔からトランプゲームが好きで、特にババ抜きを友人達とよくやっていたそうだ。それを知って、健太は呆《あき》れた。何だ、そんなことかと。深い意味はなかったんだと。

これまでにいくつもの約束ごとをババ抜きで決めてきた。お風呂《ふろ》の掃除当番や、ゴミ出し当番、今日、何を食べたいかで勝負したのは星の数ほどだ。比較的、家事系のものが多いが、一度、荘太と智子が運命の一騎打ちをしたことがあった。中古車を買うか、買わないか。裕福ではない平山家にとって、中古車が限界だったのだ。その時は、荘太が勝利した。そして翌日、本当に車を購入した。テレビゲームの本体を賭《か》けて、健太と智子が勝負した時もあった。そういう大勝負に限って、健太は負けてしまう。悔しくて、確か大泣きしてしまったのではなかったか。

過去の対戦成績をいちいちノートにつけている訳ではないのでハッキリとした数字は分からないが、一番強いのはやはり智子だろう。その次に健太、その下に荘太。まだ経験の浅い洋平が最下位だろう。

普通の勝負には勝てるが、大一番に健太は弱い。逆なのが荘太だ。車の例もある。一方、負けは多いが一発逆転もある洋平。侮ることはできない。

特にこの勝負、巧《うま》くやらなくてはならない。動き出すのは、五周目から。その前にサインがくれば、もちろん計画実行だ。

次々と枚数が増えていく。カードがなくなるまで、沈黙は続いた。そして、配り終えると同時に健太が言った。

「いいぞ」

合図を出してから、少し間が空いた。四人は自らのトランプを確認する。まずはみんなペアを探す。ここでいかに多くの枚数を減らせるかが勝負だ。健太は真剣な顔つきで一枚、一枚じっくりと見ていく。

「お、今日は調子が良さそうだ」

そう言いながら、荘太は真ん中に次々とトランプを叩《たた》きつけていく。

「ぼ、僕もだ」

その台詞《せりふ》に反応した健太は洋平を睨《にら》みつけ小さく舌打ちした。そして自分のトランプに視線を戻す。

「まあまあか」

健太もそれなりに順調の滑り出しだった。5、7、9、キングの四ペアを手元から抜くことができた。残ったのは、クローバーのエース、ダイヤの2、スペードの3、

4、10、クィーンの六枚。他の三人の様子を確認する。偶然にも、全員が四ペアずつ捨てて残り五枚にまで減っていた。配り始めたのが健太からだったので今はみんなより一枚多いが、全くの互角。
そして肝心のジョーカーを持っているのは……。

智子と、目が合った。トランプを開いてからまだ一度も喋《しゃべ》っていない。

そうか……分かった。

現在のババは母ちゃんか……。

「それじゃあ準備はいいか？　ババになった人間が負け。一人で計画実行だ。それでいいな？」

荘太のその確認に、部屋中が殺気立つ。

「いつも通り、洋平から時計回りだ」

「うん」

と洋平は頷いた。

「よし、始めよう」

丁度その時、柱時計の鐘が二つ鳴った。

「もう……二時ね。早く終わらせないと夜が明けてしまうわね」

焦りの混ざった智子の声。真夜中のババ抜きが、幕を開けた。

「ほれ、早く引けよ」

六枚のカードを洋平の前に出すが、いつも以上に手を出すのが遅い。ブツブツと唱えながら迷いに迷っている。

「早くしろって！」

声を荒らげると、洋平はビクリと右手を伸ばした。彼が抜いたのは、スペードの4。どうやらペアにはならなかったようだ。

よし。

次は俺の番だ。

洋平は荘太と目を合わす。

「ジョーカー引くなよ」

と、荘太は揺さぶってくる。

これはフェイク。この禿《はげ》おやじが。ババは母ちゃんだ。ふざけている場合か。

右手にトランプを持ち、健太は左手で荘太のカードから一枚取った。

ハートの2。健太はほくそ笑んだ。

「やっぱり俺は引きが強いぜ」

と言いながら、ダイヤの2と重ねて真ん中に放った。これで、エース、3、10、クィーンの四枚。

「さい先がいいな、健太」

と喋りながら荘太は智子のカードに手を伸ばした。何を引いたんだ。とにかくペアにはならなかったようだ。

「さあ次は母さんね。一番に上がるわよ」

余裕の智子が洋平から抜く。しかし珍しく何の動作もない。一周目に必ず捨てるのに。

二周目。一歩リードしているのは健太だった。四枚のトランプを洋平の目の前に出す。間もなく、スペードの3をもっていかれた。すると彼の口から、安堵《あんど》の息が洩《も》れた。

「よかった〜」

その瞬間、三人の厳しい視線が集まる。3のペアが山に置かれた。洋平もこれで四枚に。

「チッ。やるじゃねえか」

「ま、まあね。この勝負は絶対に負けられないから」

生意気な奴。腹立たしさをおさえ、健太はゲームに集中する。荘太からクローバーのジャックを引いた。再び舌打ちが出た。

「ねえよ」

まあいい。焦る必要はない。サインは出ていない。今はまだ奴に合わせていけばいいんだ。

荘太の番。まだ動きがない。智子は迷わず洋平の左端に手をつけた。

「はい、あったわよ」

淡々と二枚のカードを静かに置いた。これで智子と洋平が三枚同士。健太もすぐあとを追う。

「なんだ。減ってないのは俺だけか」

と荘太が文句を垂れる。

「さあ引けや洋平」

早くも三周目に突入した。ここでペアを作らせる訳にはいかない。右手を震わせながら、選んだ札と自分のカードを睨めっこしている。洋平の肩がガクリと落ちた。どうやらセーフ。そのままだ。

健太は荘太に身体を向ける。三秒ほど目と目がぶつかった。

この五枚の中にジョーカーはまだない。平凡なカードばかりだ。

「……ないか」

クローバーの3。これでまた四枚に。健太はそれをごちゃ混ぜにする。

お次は荘太。一人だけまだ山に捨てていない。

「そろそろ調子をあげていかんとな」

語尾に力を入れて智子のカードを引っぱった。三人が、注目する。すると、部屋中に声が響いた。

「よ～し！　やっときたぞ」

荘太は生き生きとしながらダイヤとハートの7を畳に叩きつけた。

「さすがお父さんね。お母さんもいくわよ～」

智子に迫られ洋平は引き気味に受ける。

「あ～もう！」

智子の口から残念そうな声が洩れた。

「そう簡単にあがれるかよ」

と健太が言葉をかける。

「最終的に一番早く勝つのは母さんよ」

その台詞に荘太が鼻で笑った。洋平は落ち着かない様子でただ自分のトランプを眺めていた。健太、荘太、智子の三人は、ジロリと視線を合わせた。

四周目。合図が出るのはこの次の周からか。現在、荘太、智子、洋平が三枚。健太が四枚。クローバーのエース、3、ジャック、スペードのクィーンだ。

「さあ、さっさと終わらせちまおうぜ」

洋平は、親指と人差し指でクローバーの3を摘《つま》んだ。

「どうよ。お目当てのものだったかい?」

健太がそう冷やかすと、

「うるさいなもう〜」

と、中途半端な苛立《いらだ》ちを表にだした。

ペアなしか。よしよし。それでいい。

「さあ俺の番だ」

健太は気合いを入れて、荘太の手にある三枚のうちの真ん中のトランプを持ってきた。しかしダイヤの10。手元にあるカードと見比べるまでもなかった。

「チッまたねえよ」

「あっちゃ困るよ」

と洋平が遠慮がちに言った。

これでエースと10とジャックとクィーン。上がりまでにはほど遠い。

自分のトランプを確認していたその時だった。

「さあ……そろそろ本気を出していくかな～」

突然、荘太の声色が変わった。健太が目を合わせたその瞬間、雷が落ちた。

とうとう、サインが出た。動き始めるという合図。ゲームはここからが本番だ。慎重にやらなければならない。

「俺も頑張らないとな～」

部屋の空気が、微《かす》かに変わる。

満面の笑みを浮かべ、白々しい台詞《せりふ》を口にしながら荘太は智子のカードをスッと引いた。そして荘太は、健太に小さく頷《うなず》いた。

作戦通り……か。

智子は顔を引きつらせ、咳払《せきばら》いをしてから明るい表情を作った。

「さ、さあお母さんはここでもう終わらせちゃうわよ～」

健太と荘太は智子の様子をただ見守る。まずは母ちゃんを上がらせなければ始まらない。しくじることは許されない。

「そうはさせないよ」

と女っぽく言う洋平。果たして彼の四枚の中に、智子の狙うカードは入っているのか……。

「どれにしよう」

さすがに迷っている。ここでペアを引けば残り一枚となり、次の周で荘太に持っていかれるので上がることができるのだから。

「お願い！」

目をギュッと瞑《つむ》り、手を伸ばした。神に祈るようにしてカードを抜くのは、智子にしては珍しかった。

「どうだった母さん」

荘太に聞かれ、智子は目を開く。洋平はゴクリと唾《つば》をのみ込む。健太は、じっと見据えていた。

智子の口元が、ゆるんだ。

「やっぱり……私が一番早く上がるのね！」

ダイヤとクローバーの3を表にして、みんなに確認させた。そして山に捨てた。

「さすが母さんだ。なあ健太」

急にふられて健太は戸惑う。

「あ、ああ。まあな」

と答えたあと、浮かれすぎだと、荘太に目で訴えた。

「やっぱりこうなるのかよ〜」

と、洋平はブツブツ繰り返している。

智子はまだ残っているが、実質これで三人になった。荘太、洋平、三枚同士。健太、四枚。思惑通りにゲームは進んでいる。

「悔しがっている場合じゃねえぞ。早くしねえと夜が明けちまう。その前にカタをつけねえとな」

健太は洋平にカードを引けと迫った。洋平は四枚のうちのどれにしようかと指を左右に動かしたままなかなか決断しない。いい加減その時間が長く、健太は一喝した。

「早くしろ!」

「う、うん。ごめん。じゃあ、これ」

彼が選んだのはクローバーのジャックだった。停滞してくれていればよかったのだが、さすがにそうもいかなかった。

「やった。あったよ」

これで奴が一歩リードか。

嬉《うれ》しそうにペアを真ん中に置く洋平。

はしゃいでいるのも今のうちだと健太は思う。

これで健太、あと三枚。クローバーのエース、ダイヤの10、スペードのクィーン。

ここでどれか同じ数字を引けば上がりに近づく……だが。

「お前の番だぞ」

「ああ」

健太は、息をのむ。ここで失敗はできない。左手を出し、一枚のトランプを持ってきた。それは、何の数字も書かれてはいなかった。赤い鼻のピエロが、陽気な顔して一輪車に乗っている。

ジョーカーだった。しかし、驚きはしなかった。

「どうだ」

と荘太に感想を求められる。

「まあまあだな」

ワザとそんな風に答えた。

「てゆうか、誰がジョーカーなんだろう」

と洋平は真剣に考えている。

「さあお父さん。引いて。これで私は上がりよ」

「分かってる分かってる」

智子から、トランプがなくなった。荘太は何の動作も見せなかった。智子は手と手をパチンと叩《たた》き、

「どれどれ洋平はどんな調子かな」

と言って、彼の背後に回った。

「あ、見ないでよ～」

「別にいいじゃないのよ。私はもう上がっちゃったんだから～」

その言葉に納得する洋平。隣には智子がぴったりとついた。

残された三人。時計の針が、ハッキリと聞こえる。沈黙を破ったのは、健太だった。

「洋平。もうお前だぞ。もたもたすんな」

「あ、そっか」

順番が早まり、ボーッとしていた洋平は、健太の右手にある四枚のカードを真剣に見つめる。奴はもうあと二枚なので、ここでペアを作られると先に上がられてしまう。そうなったら計画は終了だ。だが、そうはさせない。健太は荘太にアイコンタクトを

送った。

「おい洋平。ここで上がれる可能性があるじゃないか」

荘太のその言葉で、洋平の集中が切れた。

「そうなんだ。だからここで決めないとね」

「ほれ。引けよ」

健太の声で、洋平の顔が再び引き締まった。そして、念をこめて引いたのが、スペードのクィーンだった。

「ダメね〜洋平」

智子がため息を吐いた。

「あ〜もう言わないでよ」

「どっちにしたって一緒でしょうよ。別に数字は言ってないんだから」

「まあ……そうだけど、黙っててよ〜」

「はいはい分かりました」

健太は、上唇を浮かした。そして迷うことなく、荘太から真ん中のトランプを引いた。ハートのエース。ペア完成だ。

「よ〜し。これであと二枚だぜ」

ダイヤの10。そして、ジョーカー。

「え～うそ～ほんと～？」

洋平が焦り出す。ここからゲームは一気に動いた。いや、動かした。

「今度は俺がチャンスだな」

残り二枚の荘太。ここでどちらかと同じ数字を持ってくれれば二番目の上がりだ。

「さあさあどれにするかな～」

本当は悩んでいないくせに、と健太は思う。

「これで……どうだ！」

洋平の手からカードを強く引っぱり、そして数字を確かめた途端、二枚のトランプが宙に舞った。ダイヤとスペードのクィーンだった。

「あったぜい。これで俺も上がりだ」

これで一枚になった荘太。次の周で抜け決定だ。

「え～おじさんもかよ～。これで健ちゃんと一対一？　なんでこうなるかな～。いつも俺が最後まで残るよ～」

まだ負けが正式に決まった訳ではないのに、洋平は既に落ち込んでいる。

「この勝負は見物だな。どちらが山へ行くのかな」

荘太がそう言うと、弱気になっていた洋平が俄然《がぜん》強気に変わった。

「山なんて絶対やだよ僕。マジ負けられないよ」

「俺だって負けねえよ」

部屋中が、静まり返った。洋平が健太に身体を向ける。奴の手元には二枚。ダイヤの10を引いてペアになったとしても、まだ勝負はつかない。次に健太が荘太から最後の一枚を引き、再び洋平が選ぶ。そこで勝負が分かれる。重要なのは次の周だ。

「とりあえずここで残り一枚にしておかないと」

この周はどうでもいい。早く引け。

ブツクサと何かを呟《つぶや》きながら、目を左右に動かす。そして大きく深呼吸した。

「こっちかな」

洋平が引いたのは、ダイヤの10だった。

チッ……しぶとい奴。

だが、まだだ。

健太の手にはジョーカーが残る。

「ふ〜」

洋平が、安堵《あんど》の息を洩《も》らした。彼の手には、一枚のみ。

「さあこれで俺も終わりだ」

荘太が最後の一枚を渡してきた。健太はそれを受け取る。これで、残ったのは二人。クローバーの4。それをジョーカーの上に重ねた。そして、洋平の持つ一枚のトランプを見つめる。奴が持っているのも4。もしここで彼がジョーカーに手をつけなければ負ける。しかし、それはあり得ない。

「心の準備はいいか？　洋平。負けた方が山へ行く」

確認すると、

「ちょっと待って」

と言って、大きく深呼吸した。その間に、健太は荘太や智子と視線を合わせた。

「いいよ」

静かな声が、返ってきた。

「よし」

健太は、どちらがジョーカーか分からないように二枚のカードを後ろに持っていき、サッサッサと音を立ててきった。そして、

「勝負だ」

と言って、洋平の前に二枚のトランプを出した。

長い沈黙。緊張を隠せない洋平。健太は、彼の目を見据える。心臓は、もの凄《すご》い波を立てていた。

「さあ選べ」

そう言うと、洋平は決心したように頷《うなず》いた。しかしそれでもまだ、カードを取ろうとはしない。

「ここでジョーカーを引いたって、まだ勝負はつかないんだぜ。次の俺次第だ」

健太のその言葉で少し余裕ができたのか、

「そ、そうだよね……」

と言ったあと、洋平は目を見開いた。そして、

「こっちだ」

と声を上げ、荘太と智子が見守る中、健太から見て右側のトランプに、手をつけた。

午前二時三十分。強く降っていた雨も、いつしかあがっていた。ゲームを終えた平山家は、静かになった空とは裏腹に、慌ただしかった。健太、荘太、洋平は、外からでは何が入っているか分からない、チャックのついたネズミ色の大きな袋を、近所の人間にバレないように、車の後部座席に置いた。そして、山についてから一人で引き

ずることができるように、白いロープをくくりつけた。トランクにシャベルを積むのも忘れなかった。

「よし……これでいいだろ」

息を切らしながら、荘太が言った。

「おばさんは？」

洋平の質問に、健太が答えた。

「中で後かたづけしてるんだろ」

「そっか」

時間は、刻一刻と過ぎていく。夜が明けるまでに、全てを終わらせる必要があった。

「じゃあ、行ってくる」

車のドアを開き、カギを差し込む。運転席に座ったのは、洋平だった。

「巧くやってこいよ」

健太の言葉に洋平はただ、

「う、うん」

と短く返すだけだった。顔は青白く、ひどく緊張している。途中で引き返してこないかそれだけが心配だった。だがあえて釘《くぎ》をさすことはしなかった。馬鹿正直な奴のことだ。とにかく遺体を山に埋めてこよう、ということしか今の洋平の頭にはないはずだからだ。

「じゃあ、行ってくるね」

洋平は顔を引きつらせながら車を発進させた。しばらく様子を見守ったあと、健太と荘太は顔を見合わせた。


住宅地を抜け国道に出る。一つ目の信号で早くも足止めをくらってしまった。深夜だというのになかなか青に変わってくれない。無意味な時間が過ぎていく。だんだん、腹が立ってきた。

洋平は、言われたとおり山梨の天昇山《てんしょうざん》に向かっていた。一度も行ったことはないが、荘太いわく、人は絶対にやってこないし、遺体を処理するのには最適な場所らしい。いつそんなことを調べたのかが今考えると謎なのだが……。

「それにしてもどうして僕が……」

洋平は独り言のあとため息を吐いた。

運命の選択だった。

あのとき、ジョーカーを引いてしまったのだ。しかし、それでゲームオーバーではなかった。健太がまたジョーカーを持っていってくれていればまだチャンスはあったのだが、運悪くスペードの4を引かれてしまい、ババ決定となってしまった。だから今こうして山梨へと向かっているのだ。

そもそもどうしてババ抜きをやらなければならなくなったのか……。

洋平は後部座席を一瞥《いちべつ》した。袋の中には、母方の祖母、要するに荘太の母親が眠っている。

餓死させたのだ。

寝たきりで、口も利けなくなった祖母を。洋平は反対だった。しかし、三ヶ月前に荘太がリストラにあい、平山家の生活は急に苦しくなった。今ではその日に食う米にも困っている状態だ。そうなってくると人間の心は段々悪へと変わっていく。一人減れば少しは楽になる。どうせ寝たきりなのだからと、食事を与えず……結果的にはこうなってしまった。それがつい五、六時間前の話である。八十二歳で老衰というのも不自然だし、餓死させたなど当然言えるはずがなく、話し合った末、山に埋めようということに決まったのだ。

洋平は、これから自分のやることに対し、深い息を吐き続けていた。

これで僕も犯罪者の一人。ここまできたらもう、警察にバレないことを考えなければいけない。捕まるのだけは絶対にゴメンだ。

「でもやだよな～」

弱々しい声を出し、洋平はアクセルを更に強く踏んだ。

車を走らせること約一時間半……。洋平は、目的地である天昇山に到着した。街灯など全くなく、周りは木ばかりでひっそりとしている。風が吹くと葉と葉がぶつかって、不気味な音が辺りに響く。

どこに、埋めようか。

洋平の緊張は、ピークに達していた。口で呼吸しなければ、息苦しい。心臓の鼓動が激しすぎて、今にも吐いてしまいそうだ。

現在いるのは山のふもと。車から降りてガードレールを乗り越え、林の方に遺体をもっていき捨てることも可能だが、万が一他の車が通ったら大変だ。車で上れるところまで上って、絶対に見つからない場所を探した方が安全だ。

洋平は、誰にも見られていないか再確認し、車のライトを頼りに、舗装された狭い道を上がっていった。

もうどれくらい走っただろうか。辺りが真っ暗なのでよく見えないが、頂上の近くまでやってきたのではないだろうか。ただ、グルグル回っているだけで、一向に停まれるような場所がない。一般道とは違ってカーブがきつく、運転にも神経を使った。事故でも起こしたらそれこそ大変だ。警察がきて、車内を調べられ……この袋はなんですかと尋ねられる。そうなったら……。

洋平は、嫌な想像をかき消した。小さな頃からの悪い癖だ。いつもマイナス方向へと頭が働いてしまう。

僕はなんて小心者なんだ……。そのせいで、いつも周りから馬鹿にされていた。健ちゃんみたいに強くなろうとずっと思っていた。しかし、そう簡単に自分の性格は変えられず……。

また、ため息。恰好《かっこう》良くなるどころか、犯罪者になろうとしている……。

「僕の人生……どうなっちゃうんだろう」

と呟《つぶや》いた、その時だった。洋平は前方に注目した。頂上か、それともまだ先はあるのか、とにかく、観光客が休憩できるように、車を停められる場所に着いたのだ。

車から、降りてみた。

景色が見られるように、囲いの内側に展望台がいくつか置いてある。当然、今の洋平にそんな余裕などなかった。誰一人としていないうちに、早く作業を終わらせなくては。

洋平は再び車に乗り込んだ。囲いを越えるとすぐ先は崖《がけ》となっている。そんな危険を冒す訳にはいかなかった。それよりもいい場所を見つけたのだ。観光客用のトイレの向こう側だ。林が広がっているがまだ平坦地。少し進んで適当なところに埋めればいいだろうと洋平は考えた。

「……よし、ここでいいだろう」

トイレのすぐ横に車をつけて、エンジンを切った。途端に、辺りがしんと静まり返った。

本当に誰もいないよな……。何度も何度も周りを見渡し、洋平はトランクを開けてシャベルを取りだした。そして、後部座席のドアを開いた。生唾をのみ込み、ロープを摑《つか》む。遺体が動いたらどうしようかと余計な心配をしながら、力一杯、外に引っぱった。

「お、重い……」

老人とはいえ、一人では重労働だった。全身に汗をかきながら、洋平は遺体を林の方へ引きずった。一緒にシャベルを持っていくことはとてもできなかったので、車に置いたままだった。往復するしか仕方がない。

荒い呼吸を繰り返し、洋平は真っ暗の林を少しずつ進んでいく。月が出ていれば多少は明るかったのだろうが、雲に隠れてしまっていた。本当に、闇の中だった。

かなり奥の方までやってきたはずだ。それともそう感じるだけか。いや、もうトイレが見えなくなっている。体力的にも限界だった。ここらでいいだろうと洋平はロープを手から離し、地面にしゃがんだ。息が苦しい。足はもうパンパンだった。立ち上がれるまで、しばらくの時間が必要だった。

ようやく歩けるまで回復し、一旦《いったん》、車へと戻った。意外にも、すぐだった。いかにゆっくり進んでいたかというのが分かる。

シャベルを右手に持ち、洋平は遺体のある場所へと向かった。ネズミ色の大きな袋がポツリと置いてある。目の前で立ち止まり、シャベルを地面に落として、洋平は手と手を合わせた。

「ごめんなさい……おばあちゃん」

できればこんなことはしたくなかった。でも……仕方なかったんだ。

一年前に平山家にやってきたときには、もうベッドの上での生活だった。会話も、あまり交わさなかった。だからといって、こんなことが許されるはずがない。埋めるのは気が引ける。

思えば、小さい時はよく遊んでもらった。母がまだ生きていた頃、三人で色んな所に行った記憶がある。遊園地では一緒にコーヒーカップや観覧車に乗り、池では二人でアヒルのボートをこいだ。写真だっていっぱい撮った。オモチャや洋服や靴を数えられないほど買ってもらった。おばあちゃん子だったんだ自分は。なのに……。

でも、やるしかない。

洋平はシャベルを再び手に取って、地面を懸命に掘った。バサ、バサと土が飛ぶ。徐々に穴が大きくなっていく。その作業は、考えていたよりもきつかった。ヘトヘトになるまで、掘り続けた。

もう……いいだろう。

シャベルを放って、額の汗を腕で拭《ぬぐ》い、ロープを摑み、掘った穴の中へとズルズルと移動させた。遺体は、スッポリと入った。あとは土をかぶせるだけ……。

これで、本当にいいのか……。それでもシャベルを手にしている自分がいた。ここならバレない。絶対に捕まらないと自らを安心させ、埋めることを決意した。

その時だった。自然の怒りに触れたのか、もの凄《すご》く強い風が吹き荒れた。頭上から落ちてきた葉っぱに過敏に驚き、慌てて手で払う。逃げよう。早く作業を終わらせて。

土にシャベルをつけた、次の瞬間、後ろから、男の声が聞こえた。

「ご苦労さん。そこまででいいぞ」

脳天をハンマーで殴られたような衝撃が走った。嘘だ。そんなはずはない。人間がいるはずが……。全身がカタカタと震える。振り返れない。シャベルを捨てて、走り出そうとした。すると、

「洋平」

と名前を呼ばれた。誰だ？　と反射的に振り向いていた。そこには、健太と荘太が並んで立っていた。洋平は、ホッとする。と同時に、複雑な気持ちを抱く。

「ど、どうしたの……二人とも。どうして、ここに？」

「俺らの計画を実行しに来たんだ」

と健太が真顔で答えた。

「計画？」

そう聞くと、荘太が遺体を指さした。

「ところで洋平。その袋の中には、誰が入っているんだ？　誰を埋めようとしていたんだ」

その言葉に、洋平は混乱する。

「だ、誰って……どうしちゃったの二人とも。冗談はよしてよ。意味分からないよ」

顔が強張《こわば》る。なのにどうして薄ら笑いなんか……。

「開けてみろよ」

荘太にそう指示されて、洋平は袋に身体を向ける。

「さあ」

健太に背中を押され、洋平は渋々チャックに手をもっていった。そして、ゆっくり、ゆっくりと下におろしていった。どうしてだ。中に、祖母の姿はなかった。代わりに入っていたのは……。

智子だ。

「ど、どうして……」

洋平は言葉を詰まらせる。死んでるの？　と言おうとしたその時、智子の目がパッチリと開いた。

「うわあ！」

思わず叫んでしまった洋平は地面に尻餅《しりもち》をついた。智子は平然と立ち上がった。

「どういうことだよ！」

訳が分からず、三人に怒りを放つ。見下ろされる洋平。

「最初からこうなるって決まっていたんだよ」

荘太が説得するような口調でそう言った。

「最初から？」

「そう。ババ抜きでお前が負けることも。そして、ここで死ぬこともな」

健太から死ぬ、という言葉を聞いても、何も思わなかった。頭が混乱しすぎていた。ただ、智子の次の台詞《せりふ》には、耳を疑った。

「おばあちゃんはね、実は死んでいないのよ。洋平は実際には見ていないもんね」

そうだ。怖くて、申し訳なくて、見られなかった。だが、祖母は死んでいない？

三人が、嘘をついていたということか？

一体、どうして。何のために。

「ちゃ、ちゃんと説明してよ。だったらババ抜きなんてやる必要はなかったじゃないか。こんな所に来ることだってなかったじゃないか」

必死にそう訴えかけると、健太が呆《あき》れるように腰に手を持っていった。

「まだ分からねえのか。さっきも言ったろ。全てはお前を消すための計画だったんだよ。ばあちゃんを死なせてみろ。近所の人間におかしいって思われるだろ。でもお前が死んだってな、誰も不審に思わねえよ。家を出て一人暮らししているって言えば一発で納得するからな」

洋平は、開いた口がふさがらなかった。

僕を、殺す計画？

「おばあちゃんよりね、洋平、アンタの方が百倍お金がかかるのよ。知っているでしょ？　ウチの経済状況。一人食わせていくのがどれだけ大変か」

あんなに優しかった智子まで。今までのは、フリをしていただけなのか……。

「だからな洋平。仕方ないんだよ。分かってくれ。ここならお前が叫んだって誰も助けにこない。そして一生、死体を発見されることだってない。用心深いお前だ。だからこうやってお前に来させたんだ。普通に連れていこうとしても、用心深いお前だ。だからこうするしかなかったんだよ。袋の中に母さんを入れたのもお前の性格を見越してのことだ。人間以外の物を入れてもすぐに分かってしまうからな。悪いが……死んでくれ」

恐怖よりも、怒りが湧いてきた。

「仕組んでいたんだね……三人とも」

健太が、全てを説明した。

「そうだ。お前が負けることは決まっていた。三人で合図を送っていた。誰がジョーカーを持っているか。それも全て知っていた。お前のカードが残り一枚になって、俺がジョーカーとクローバーの4を持っていたあの時な、実は二枚ともジョーカーだったんだよ。後ろに手を回しただろ？　あの一瞬で、最初に抜いておいたジョーカーとすり替えた。どっちを引いても、ババだったって訳だ。お前がショックを受けている隙を見て、後ろに隠したクローバーの4とまたすり替える。そして俺がスペードの4をお前から引く。もちろん、どっちがジョーカーかは母ちゃんから合図が出ていたから知っていた。俺が負けることはなかった」

やはりそういうことだったのか。ずっと、ハメられていた……。そして、家族である僕を殺そうと……。

「本当に……僕を殺すのか」

洋平の口調が、鋭くなる。既に自分を見失っていたのかもしれない。

「ああ。美貴《みき》に恨まれるかもしれないな。あいつが死ぬ間際、洋平のことは任せろって約束したからな。でも分かってくれ。もう限界なんだ」

荘太の言葉には、全く感情がこもっていなかった。

「明日から働くって言っても？　家を出るって言っても？」

「この計画を知っちまった以上……やっぱり死んでもらわないと……な？」

健太が智子に顔を向けたその一瞬だった。洋平は素早く立ち上がり、飛びかかっていた。そして健太の頭をシャベルで殴りつけていた。

「あああああ！」

洋平の顔面に血がピシャリと飛び散る。健太は頭を押さえながら倒れ込んだ。

「よ、洋平、お前！」

洋平は間を置くこともなく、荘太、智子の頭も有無を言わさず思い切り殴った。二人も悲鳴を上げながら崩れ落ちた。洋平は息を切らしながら容赦なく三人の頭にシャベルを振り下ろす。順番に、まるでモグラ叩《たた》きのように。目をオオカミのようにギラギラと光らせながら。

しばらくすると、三人は全く動かなくなった。洋平は動きを止める。うっすらとしか見えないが、白目を剝《む》いた健太。泡を吹いている荘太。青白い顔の智子。そこで初めて恐怖が全身を包んだ。

「はぁーはぁーはぁーはぁー」

僕は、なんてことを……。死なせてしまったのか。いくら殺されそうになったからって……。

「ど、どうしよう……」

震えが止まらない。頭が真っ白になってしまっていて、どうしたらいいのか分から

ない。結局出た答えが、

「……逃げよう」

だった。その前に、三人の遺体をどうにかしなければならない。早くしないと誰かが来てしまうかもしれない。そうなったら、僕は……僕は……。

死刑だ。首を吊《つ》って……。

「ああああああああ！」

洋平は頭を抱えて叫んだ。がむしゃらに土を掘った。一つ、二つ、と。そして、重い遺体を引きずって、健太、荘太、智子を穴に埋めた。

「あいつらが悪いんだ！　僕を殺そうとしたあいつらが悪いんだ！」

気が付けばシャベルを持って走り出していた。乗ってきた車がようやく見えた。逃げよう。逃げないと。捕まったら、人生終わりだ。空が、明るくなりだしていた。夜が、明けようとしている。時間だけは、変わらずに進んでいた。

車に乗り込み、エンジンをかける。隣には健太と荘太が乗ってきた軽トラが。これはもうどうにもならない。警察にバレるのも時間の問題かもしれない。その限られた時間内に、できるだけ遠くへ……。

寝たきりのおばあちゃんはどうしよう。隣の家の人に、任せるしかない。地元から離れる前に、伝えなければ。

とりあえず外国へ行こう。それなら大丈夫かもしれない。そうだ。そうしよう。

エンジンをかけた。アクセルを踏む。何より心配なおばあちゃんのために、まず洋平は、自宅へと向かった。

ゴルフ

八月二日。

午前七時三十分。

東京では二週間連続の猛暑。昨日、とうとう四十度を記録。連日、熱中症で倒れる人間があとを絶たなかった。テレビや新聞はそのことに大きく触れる。気象庁は、強い日差しに注意を払うよう、国民に呼びかけた。

そんな中、北海道にはすがすがしい朝が訪れていた。現在の気温、十六・六度。雲一つない青空。湿気の感じられないヒンヤリとした涼しい空気。夏とは思えないほど気持ちの良い朝だった。

絶好のプレー日和。

とうとう一年に一度のこの時がやってきた。全国のゴルフファンが待ち望んだ祭典。オールスターゴルフ大会。今年の上半期に優秀な成績を残した国内選手九人を集め、三人で一組のチームを三つ作り、順番に打ってコースを回っていく。そして十八ホール全てを終え、一番成績の良いチームが勝利となる。優勝賞金は一千五百万円。大金を目指して、今年も選手達が熱い戦いを繰り広げようとしていた。中でも、注目されているチームは……。

高級ホテルの外には、スポーツ記者やカメラマンが大勢待機していた。今年注目のスター三兄弟を、今か今かと待ちわびていたのだ。

ロビーに長男であるジャージ姿の与那嶺龍一《よなみねりゆういち》が現れた途端、しゃがみ込んでいた人間達が一斉に立ち上がった。そして、自動ドアをくぐったと同時に、龍一はマスコミに囲まれた。

「おはようございます与那嶺選手」

メモを持った女性記者に声をかけられる。龍一は表情一つ変えずに、帽子のつばをちょこんと触りながら小さく挨拶《あいさつ》した。

「おはようございます」

「待ちに待った日がやってきましたね！　どうですか？　コンディションの方は」

龍一は、太い眉毛《まゆげ》をさげる。

「まあまあですかね」

そう答えながら、少しずつ少しずつバスに進んでいく。昔からマスコミが苦手で、内心ではいつも早く解放してくれと思っている。

「とうとう実現されましたね！　ドリームチーム！　やはり小さな頃を思い出しますか？」

　別の方から男の声。そう言われてみれば確かに懐かしい。プロになる前はよく三人でコースを回っていた。スパルタ親父にしごかれながら。

「そうですね……まあとにかく頑張ります」

　記者の期待に応《こた》えるような返答はあえて出さなかった。

「与那嶺選手から見て、マークしなければならない選手は誰でしょうか」

　その質問には、すぐに口を開いた。

「やはり阿武隈川《あぶくまがわ》さんではないでしょうか」

　阿武隈川武《たけし》。今年で四十になるベテランだ。現在、賞金ランキングトップを走る男である。百八十五センチの長身から振り下ろされる力強いスイングが特徴の選手だ。

「どうですか？　勝つ自信は？」

　正直、どうだろうか。彼のチームには彗星《すいせい》の如く現れたルーキー藤堂真治《とうどうしんじ》と、現在賞金ランキング三位の新富康夫《しんとみやすお》がいる。二位の自分が力を発揮したとしても勝てる訳ではない。次男の龍二《りゅうじ》、三男の龍三《りゅうぞう》の腕にかかっている。もちろん彼らも実力者ではある。言うまでもなくランキングのトップテンには入っているのだから。しかし、そんなデータなど関係ない。今日のコンディション。そして集中力が高い方が勝利する。

「それでは最後に、意気込みを一言」

「いい成績を残せるよう頑張ります」

「ありがとうございました」

記者達から解放された龍一はため息を吐きながら足早にバスへと向かった。

「龍一！　龍一！」

突然、聞き覚えのある声に呼び止められ、龍一は立ち止まる。しかし周りを見渡しても分からない。

「こっちよこっち！」

バスの裏側に目を向けた途端、龍一の表情が輝いた。今マスコミ連中は次男の龍二にインタビューしている。その隙《すき》を狙《ねら》ってこちらに手招きしている母の元に急いだ。

その横には、厳しい顔をして腕組みしている父、龍男《たつお》がいた。

「どうしてこんな所に」

龍一が母にそう尋ねると、

「人前には出られないでしょ。お父さんがいるんだから」

と、困った風に答えた。考えてみればそうだ。ゴルフ界で有名な父がマスコミの前に顔を出せば、また一騒動となる。

「それよりも何だよ二人のその恰好《かっこう》」

両親とも短パンにアロハシャツ。絶対に一緒に歩きたくない服装だ。

「いいじゃないのよ。沖縄人っぽくて」

「ここは北海道だぞ。全然合ってないぞ」

「まあまあ。そう固いこと言わずに」

多くのギャラリーにこの恰好が交じっているのを想像するだけでも恥ずかしくなってくる。

「そんなことよりも今日はじっくり観させてもらうからな。お前達の実力を」

眉間《みけん》に皺《しわ》を寄せながら、龍男はそう言った。

「ああ。力を合わせて頑張るよ」

「俺は優勝しか考えていないからな。そのつもりでプレーしろ」

相変わらず厳しいなと思う。

「分かってるよ。必ず勝つさ」

その答えに満足したのか、龍男は深く頷《うなず》いた。

「よし」

それから会話がしばらく中断した。次男の声が聞こえてくる。三人は、龍二のインタビューに耳を傾けた。

「兄弟揃ってのオールスター戦は初めてですよね！　しかも三人が同じチームですよ。そのへん、どうお考えですか？」

坊主頭の龍一とは全く逆の長髪の龍二。サラサラヘアーをいじりながら、彼は自信満々にこう答えた。

「兄弟だからって関係ないね。誰と組んだって、勝つのは俺のいるチームだよ」

その返しに、隣の母が呆《あき》れる。

「ま〜たあんな生意気なこと言って」

龍一は、ただ苦笑い。アイツらしい発言だ。

「それでは、注目する選手は誰でしょう？」

次の質問に対しては、彼はこう言った。

「そんな選手いないよ。僕だけを見てくれていればいい」

「さすが龍二選手！　今日の活躍を期待しています」

「ありがとう」

龍二は爽《さわ》やかに微笑んで、バスに乗り込んでいった。龍一は、腕時計を確認し、両親に身体を向けた。

「それじゃあ、俺もそろそろ行くよ」

母の細い手が、肩に置かれた。

「頑張りなさいよ。応援してるから」

いつもは陽気で明るい母の顔は真剣だった。

「大丈夫」

「何だかんだ言っても龍二と龍三はお前のことを頼りにしているんだからね。龍三は初出場で緊張していると思うし」

心配性の母は試合前になるといつもこうだ。この日は特にそれが感じられた。

「任せておけって。じゃあ」

「今までやってきたことを忘れずにプレーすれば大丈夫だ」

後ろから父の声。龍一は背を向けたまま右手を小さくあげて、バスの中に入った。

一番奥の席の窓側に、龍二は座っていた。クールに景色を眺めている。

「おお兄貴。どこ行ってたんだ？」

「父ちゃんと母ちゃんに会ってた」

普通にそう答えると、龍二は驚いた表情をみせた。

「バスの裏。見つかるとまたインタビューとか大変だろ」

「うそ？　どこにいた？」

「そういうことか。で、何だって？」

「頑張ってこいってさ」

「ふ〜ん」

と、龍二はあまり興味がなさそうだった。

「それよりも……龍三は？」

龍一の問いかけに、

「そういえば」

と龍二もそれに気が付く。

「何やってんだアイツ。もう出発の時間だぞ」

腕時計を確認しながら龍一はそう呟《つぶや》く。マスコミ陣に囲まれている訳ではない。ということはまだホテルの中か？

「この大事な日に限って……」

焦りが募る。

「いつかくるだろ」

冷静なのは龍二の方だった。いや、あまり深く考えていない、という方が正しいか。

「ちょっと行ってくる」

と言った矢先だった。外から記者達の笑い声が聞こえてきた。何事かと視線を向けると、龍三がスポーツバッグを片手に慌ててこちらに走ってきた。それを見て龍一はホッと息を吐く。

「あぶねえ〜あぶねえ〜」

顔に汗をかいた龍三がようやくやってきた。口で呼吸をしながら茶色い髪を右手で大きくかき上げた。

「なにやってたんだよ」

龍一が尋ねると、龍三はこう答えた。

「いや〜便所が長くなっちゃってさ。ビックリした」

呆れてものが言えなかった。母の言葉を思い出す。本当に緊張なんてしているのだろうか。

「いいから早く席つけ。練習時間が少なくなるだろ」

「はいはい分かりましたよ〜」

相変わらず能天気な龍三。こうしてバスはゴルフ場へと向かった。逆に硬くなっているのは、龍一の方かもしれなかった。

沖縄県那覇《なは》市に住む与那嶺家は知る人ぞ知るゴルフ一家である。全員の彫りの深い濃い顔と、真っ黒に焼けた肌が印象的でもある。父、龍男は十年前までプロとして活躍しており、優勝も数多く獲《と》ってきた。しかし足の怪我をきっかけに引退。母、道子《みちこ》とは現役時代に知り合い結婚し、翌年に龍一が誕生。その二年後に龍二、更に二年後に龍三が生まれた。龍男はゴルフの素晴らしさを子供にも知ってもらおうと、三歳になったばかりの龍一にオモチャのクラブを握らせた。親馬鹿か、それとも本当に素質を見抜いたのか、これは才能のある構えだと断言。その一年後にはスパルタ教育が始まっていた。学校が休みの時は打ちっぱなし練習場で朝から晩までクラブを振らされ、毎日、十キロ以上走らされた。龍男の試合には必ず連れて行かれ、打ち方やパターの技術を勉強させられた。そしてある程度真っ直ぐボールが飛ぶようになった頃にはもう既にコースを回っていた。ラフやバンカーに入れてしまった時の打ち方を教える龍男は特に怖かった。あまり上手くできなかったからである。それでも必死に食らいついた。アマチュアの大会がある度に出場させられた。もうゴルフを辞めようと思ったことは星の数ほどだ。しかし、きつい練習のおかげで、プロテストはもちろん一発合

The Rules of Golf
ゴルフのルール

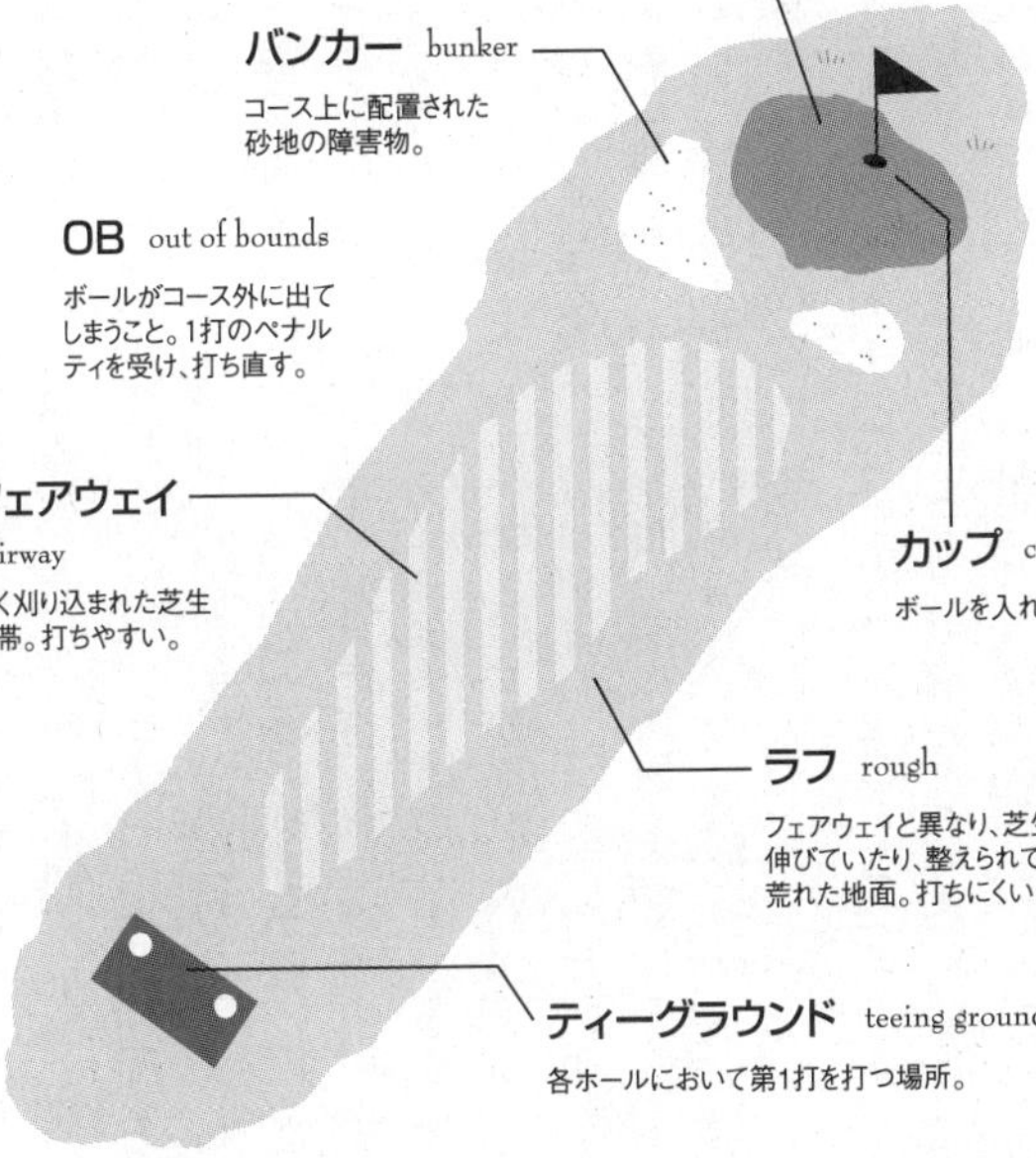

グリーン green

ボールが転がりやすいように、
芝生がきめ細かく刈り込まれている。

バンカー bunker

コース上に配置された
砂地の障害物。

OB out of bounds

ボールがコース外に出てしまうこと。1打のペナルティを受け、打ち直す。

フェアウェイ fairway

短く刈り込まれた芝生地帯。打ちやすい。

カップ cup

ボールを入れる穴。

ラフ rough

フェアウェイと異なり、芝生が伸びていたり、整えられていない荒れた地面。打ちにくい。

ティーグラウンド teeing ground

各ホールにおいて第1打を打つ場所。

ゴルフ競技 golf

通常1日で18ホールをプレーし、総打数の少なさを競う。

パー par

ホールの基準打数。

バーディー birdie

パーより1打少ない打数でボールをカップに入れること。

ボギー bogey

パーより1打多い打数でボールをカップに入れること。

チップイン chip in

グリーンへのアプローチショットが直接カップに入ること。

パット putt

グリーン上でボールを転がし、カップを狙うショットのこと。

格。一位通過だった。その翌年にはプロ初優勝。今では毎年オールスター戦に出られるほどの選手にまで昇りつめた。龍二、龍三も同じような教育を受けた。現在では三人がライバルとして戦っている。しかしこの日だけは仲間としてプレーする。今年龍三が念願のオールスター戦初出場を決め、夢の三兄弟チームが結成されたのだ。

常に冷静沈着な龍一は、ショットした時の球筋が真っ直ぐなのが特徴である。最も得意とするのがパターだ。今年、五月に行われたツアーの十八番ホールでは、十五メートルパットを沈め、スポーツニュースにも取り上げられた。逆に苦手とするのがバンカーショット。そこから一気にスコアが崩れる時がある。とはいえ、今年はもの凄《すご》く調子がいい。今日もベストコンディションで試合に臨めそうだ。

自信過剰の龍二は、スコアが良い時は機嫌も良く、そのまま一気に突き進むタイプだが、少しでも乱れるとすぐに苛《いら》つき、その態度がプレーに出るという悪い癖がある。それがなければ最高のプレーヤーだろう。

最も心配なのがお調子者の龍三だ。何せ彼のコンディションは日によって激しく変化する。球筋も気まぐれだ。真っ直ぐ飛ぶときもあれば右に曲がるときもある。全く予測がつかない男だ。唯一、龍一が尊敬するところは、ラフやバンカーショット。器用な彼は小技が得意だ。パターもなかなかの腕をしている。普段のショットが安定していれば完璧《かんぺき》な選手なのだが……。とにかく今日は龍三に全てがかかっているといっても過言ではなかった。

三人はそれらを話し合い、打つ順番の結論を出した。龍一、龍二、龍三の年齢順。龍二と龍三は、これで優勝間違いなしだと言い合っていた。龍一はただただ不安だった。これだけ騒がれて、三組中、三位だったらどうしようかと。しかしそんなこと考えたってもう遅い。あの熱血親父に、優勝宣言してしまったのだから……。

バスは市街地を抜け、三百六十度緑に囲まれた山道へと入った。そして坂をしばらく上り、ようやく目的地である野中カントリークラブへと到着した。既に報道関係の車がいくつか停まっている。今日の試合を生中継すると聞いている。

「さあ行こう」

龍一は腹から声を出し、自分に気合いを入れた。逆に龍二と龍三は、これから試合が始まるというのに、まだお喋《しゃべ》りばかりを繰り返していた。一喝《いっかつ》してもふてくされるだけなので止めておいた。ただ黙って入り口に向かった。その途中にまた記者連中が寄ってきたが、もう完全無視をした。ゴルフは集中力が命なのだ。言うまでもなく龍二と龍三はまた調子に乗っていた。さすがに耐えきれず、

「早くこい！」

と語調を強めた。一瞬、場が静まり返ったが、再び騒がしくなる。呆《あき》れた龍一は、

「先いってるぞ」

と言い残し、中へ入った。

静かなロビーには茶色い木の壁が一面に広がっており、ゆったりと腰掛けられるように高そうな黒いソファーがいくつも置いてある。暖炉の上には鹿の頭の剥製《はくせい》が。見るからに高級感があふれていた。受付に歩を進めた途端、階段から一人の男が降りてきた。龍一は思わず、

「あ」

と声を出していた。今日、対戦する一人である阿武隈川武である。当たり前だがいつ見ても大きい。イメチェンの為か、顔にはもさもさの髭《ひげ》が。これではまるでクマ男だ。

「やあ与那嶺君」

王者の貫禄《かんろく》か、阿武隈川は余裕の表情だ。

「お、おはようございます。今日はよろしくお願いします」

深々と頭を下げると、笑い声が聞こえてきた。

「まああそう硬くならずに。今日は言ってみればお祭りだ。楽しくプレーしようじゃないか」

その台詞《せりふ》で龍一の緊張もほぐれていく。

「はい」

「ところで、問題児達はどうした」

その尋ねられ方に、龍一は苦笑しながら言った。

「まだ記者達の相手を。困ったもんですよ」

「ははは。大変な弟を持ったもんだな。今日は楽しみにしているよ。こっちのチームもなかなかのもんだ。負けないよ。じゃあ、また後で」

「失礼します」

こっちだって負けるものか。龍一は、更に闘志を燃やした。

「お〜い兄貴」

背後から気の抜けた声。龍三だ。

「あれ阿武隈川じゃねえの？」

と、龍二が指さす。その動作に龍一は慌てる。

「指を差すな指を。それに、さん、をつけろ」

「まあまあ。いいじゃねえか。どうせ聞こえねえって。それよりも練習いこうや」

出てくるのはため息ばかりだった。

「今日は思いっきり飛ばしてやるぜ」

「おいおい。目的は優勝なんだからな」

と龍一が龍三に言い聞かす。

「分かってるって。俺達は天才なんだから大丈夫大丈夫」

返す言葉がなかった。この自信は一体どこから出てくるのだ。逆に、不安になってきた。

練習場に着いた三人は、早速自分のクラブを持ち、調子を確かめた。今日は比較的風が強い。慎重に打たなければ大きなミスにつながってしまう。池とOBだけは絶対に避けなければならない。

「いい感じいい感じ」

フルスイングした龍三の球は真っ直ぐ綺麗《きれい》に飛んでいった。緊張もしていないみたいだし、大丈夫そうだ。

「もしかしたら一番調子がいいのは俺かもしれないぞ?」

三人の中で一番飛距離があったのは龍二だった。いつも以上のパワーが感じられる。

人前では余裕の表情を見せているが、内心では相当気合いが入っているのではないか。それもそうだ。一流中の一流と対決するのだ。負けず嫌いの龍二が燃えないはずがない。

龍一はフッと微笑み、足下に白い球を置く。そして、クラブを両手でギュッと握り、リラックスして構えた。打つ瞬間、無心になる。精神を集中させ、ただ一点、ボールを見つめる。大きくクラブを振りかざし、力まずに一気に振り下ろした。シュンという音とともに、白い球は真っ直ぐ遠くへ飛んでいった。今ので軽く二百六十ヤードは超えたか。

「いいね〜兄貴」

と、横から龍三の声。

「ああ」

いい調子だ。三人とも、ベストコンディションのようだ。

それから与那嶺兄弟は黙々と球を打ち続けた。そして、試合が始まる直前、係の人間が時間を伝えにきた。

「そろそろお時間です。ティーグラウンドへお願いします」

「よし行くか」

龍一が先頭を歩いた。後ろの二人の口は、いつの間にか閉じていた。真剣な顔つきに変わった三人は、一番ホールへと向かった。

『北海道野中市・野中カントリークラブ』

今年開催されるコースである。イタリアの著名な設計家ロベルト氏にコース設計を依頼し、平成元年に完成。周囲の山並みは美しく、穏やかな丘陵に広がる距離たっぷりのコースは各ホールともティーグラウンドからグリーンが見渡せる設計。数々の池や樹木を巧みに配し、十八ホール全てが戦略的に配置されている。全七千五十三ヤード。以前、与那嶺三兄弟がそれぞれ試合でてこずったコースである。

もう既に全ての選手がティーグラウンドに待機していた。龍一達が一番ホールに姿を現した途端、多くのギャラリーから歓声があがった。龍一だけが帽子をとって挨拶した。テレビカメラも数台設置されている。ほどよい緊張感に身体が包まれた。父ちゃんと母ちゃんは……あそこだ。アロハシャツだからすぐわかる。木の後ろに立っているのがそうだ。

三人の元に、サンバイザーを被《かぶ》った男が歩み寄ってきた。今日の与那嶺チームのキャディーだ。与那嶺兄弟とは対照的で顔の彫りが浅い。体格はいいが背は小さい。小学校の時にチビデブと呼ばれていた友達のことを思いだした。

「高峯《たかみね》です。よろしくお願いします」

緊張しているのか、妙におどおどしている。目が合うとすぐにそらしてしまった。

「お願いします」

龍一だけが軽く頭を下げた。次にやってきたのは、ルーキー藤堂真治。一見、スラッとしたように見えるが実は筋肉質。勢いとパワーがある。そして彼はいつ見ても堂々としている。龍二と似て発言がでかい。奴は生意気だと陰で囁《ささや》かれているのを本人は知っているのか。つり上がった目と喋《しゃべ》る時に曲がる上唇がいかにも生意気そうだ。

「おはようございます先輩方」

嫌味たらしい挨拶をしてきた。

「おう藤堂」

と返したのは龍二。

「今日は勝たせてもらいますよ。ウチは最強メンバーですからねえ」

龍三が口を大きく開けて笑った。

「どうぞどうぞ。ご自由に」

「そんな余裕かましちゃって大丈夫なんですか？　本当に負けちゃいますよ。ではお互い、いいプレーをしましょう」

言いたいことを言って藤堂は阿武隈川の元へ戻っていった。

「全くムカツく奴だぜ。絶対にぶちのめす」

「龍二。冷静にプレーしろよ」

「大丈夫だよ。あんなのチョロいチョロい」

龍二が自分を見失っていないことに一安心。ちょうどそのとき阿武隈川チームの最後の一人である新富康夫と目が合い、会釈した。あちらも笑みを浮かべて返してきた。今年でもう三十五か。性格は大人しく、滅多に喋らない。今は虫も殺さぬような優しい顔をしているが、試合が始まると一転する。真剣になると、鬼のような目に変わる。実は近寄りがたい人物だ。

時計の針がちょうど十時を指した時、特別司会進行役の風間《かざま》淳二《じゅんじ》がマイクを持ちながらカメラに向かって口を開いた。タレントの彼は、売れっ子の中年司会者。お昼にテレビをつけると必ず画面に映っている。

『一年に一度の祭典。オールスターゴルフ大会！　今年は北海道、野中カントリークラブからお届けいたします。今回もよりすぐりのスター選手が集められました。どんなプレーが観られるのか楽しみですね！』

満面の笑みでそう述べた後、チームの紹介がされた。

打つ順番から一組目、龍一がマークしている阿武隈川チーム。二組目、現在賞金ランキング四位に入っている西城徹《さいじょうとおる》率いるチーム。彼の組には今年絶好調の二十九歳、佐野健太郎《さのけんたろう》と、二年連続出場の二十七歳、吉本寛平《よしもとかんぺい》がいる。こちらも言うまでもなく、最高の選手達だ。そしてゴルフファン大注目の三兄弟。与那嶺チーム。この三組でこれから十八ホールを回ることとなる。この大会ではスコアに関係なく、ずっとこの順番でプレーすることになっている。

『それではこれより、第二十五回オールスターゴルフ大会を始めたいと思います』

司会の風間淳二が興奮気味にカメラに向かってそう言うと、ギャラリーから大きな拍手がわいた。そこで一旦《いったん》、カメラは止められた。今のはあくまでテレビ用。風間はティーグラウンドの後ろにさがる。そして、辺りが静まり返ったところで、一組目の一番手、阿武隈川武がティーグラウンドの真ん中に立った。大勢の人間が見守る中、落ち着いた様子の阿武隈川はティーを置いてその上にボールを載せた。

一番ホール。三百九十ヤード。パーフォー。要するに四打でカップに入れなければならない。ティーからグリーンまでがほぼ一直線。フェアウェイの幅も大きく、ラフに入る確率はプロならほとんどないだろう。グリーン手前に大きなバンカーがあるが、問題ない。比較的楽なコース。十分三打でカップに入れ、バーディーをとれる。

係の人間が、お静かに、というプレートを上げた。阿武隈川はコースとボールを何度も見比べ、ゆったりと構えた。そしてグリップを握り直し、力強くショットした。球はもの凄《すご》いスピードで斜め四十五度の方向に飛んでいき、フェアウェイキープ。二百七十ヤードくらいだろうか。緊張が解けたギャラリーからは、

「ナイスショット」

と声が飛んだ。その後にはお決まりの拍手。龍一も、軽く手を叩《たた》いていた。さすが阿武隈川だ。落ち着いている。

二組目の一番手、西城も難なくフェアウェイに落とし、ホッと一安心の様子を見せた。

「さあ頼むぜ兄貴」

龍三に肩を叩《たた》かれ、

「分かってる」

と頷《うなず》いた。阿武隈川も、藤堂も、新富も、全てのスター選手が注目している。だが気にしない。集中だ。

「頑張れよ与那嶺〜」

ギャラリーからチラホラと声が上がる。勿論《もちろん》、今は応じない。見つめる先はただ一直線。ティーにボールを載せて、風を確かめる。右に流れて吹いている。少しでも打つ所がずれればラフに転がる可能性がある。気をつけなければならない。

辺りが、静まり返る。何度か素振りした後、龍一はいつものようにリラックスして構えた。よく球を見て、クラブを上に持っていき、風を切るようにフルスイング。ボールは真っ直ぐに飛んでいき、風の影響で少し右に曲がったものの、しっかりとフェアウェイに落ちた。距離的には、阿武隈川の少し前くらいか。次に打つ龍二も安心したのではないか。

「ナイスショット！」

周囲からは拍手。龍一は小さく手を上げてギャラリーに応じた。そして一番ウッドをキャディーに渡す。

「ナイスショットです。いい感じですね」

とボソッと声をかけられた。龍一は苦笑する。

「あ、ありがとうございます」

と言って手袋を外した。

「さて、僕の実力を見せましょうか」

こちらにワザと聞こえるように、阿武隈川チーム二番手の藤堂がそう言って通り過ぎて行った。龍一は別に何も思わなかった。

「頼んだぞ龍二」

「任せろって。二打目でべったりピンに寄せてやるよ」その言葉に龍一は強く頷いた。

三組全てが打ち終わり、選手達とギャラリーは揃って移動。龍一と龍三が話しながら歩いていると、阿武隈川が近づいてきた。

「いい調子じゃないか与那嶺君」

「ありがとうございます」

「阿武隈川さんもかなり気合い入っているって感じっすね」

龍三のその言葉に阿武隈川の顔が綻《ほころ》ぶ。

「ありがとう」

それから三人は会話をしながら歩いた。龍三が失礼な発言をしないかヒヤヒヤしたが、阿武隈川は終始笑っていた。アッという間に、次の場所に到着しようとしていた。

両脇に木々が並ぶ地点で選手とギャラリーの足が止まった。フェアウェイに落ちた三チームの球はさほど離れてはいなかった。二打目はグリーンから一番離れているチームからになる。西城チームの二番手、佐野健太郎のショットだ。残り、百四十ヤード程度か。キャディーと話し合い、彼が手にしたのは八番アイアン。グリーンに載せてくるか。

軽くスイングした佐野の球は大きく上がり、カップから約十メートル離れた地点でスッと止まった。ギャラリーからはどよめきが起こった。いい手応《てごた》えに佐野もガッツポーズ。

「ほ〜う」

隣の藤堂が腕を組みながら偉そうに呟《つぶや》いた。龍一はただ、龍二の背中を見つめていた。

「残り百三十といったところでしょうか」

担当キャディーの高峯の声が聞こえてきた。龍二も同じく八番アイアンを手に取った。

現在、風は穏やか。カップに立っている旗はさほど揺れていない。もちろんグリーンに載せてくるだろう。あとはカップにどれだけ近づけることができるかだ。最高のかたちで龍三につなげてほしい。

龍二の注目の二打目。距離を確かめ、肩を上下させる。そして、クラブを握る両手を首の辺りまで持っていき、ゆっくりとショットした。龍一は空を見上げる。白いボールは放物線を描き、カップから約四メートルの辺りにポトンと落ちた。

「ナイスショット!」

このショットにはギャラリーも興奮。龍一も思わず拍手していた。龍二はこちらを振り返り、得意げな顔を見せた。

「どうよ」

「オッケイオッケイ。ナイスショット」

べた褒めするとまたすぐ調子に乗るのでそのへんにしておいた。

「やりますね〜与那嶺さん。僕も負けてられませんね」

そう言って、藤堂はボールの前に立ち、余裕の表情を浮かべながら三度素振りをした。

「俺より寄せてみな」

後ろから龍二が声をかけると、藤堂は一瞥《いちべつ》し、

「分かりました」

と向き直る。そして肩の力を抜いてダラリと構え、百二十ヤードほど先にあるカップに向かって、スイングした。ボールを追う選手とギャラリー。無意識のうちに出て

しまったのだろうか、龍二が、ええ？と驚きの声を発した。何と白い球を与那嶺チームよりも近い約二メートルに位置づけたのだ。

龍二よりも更に大きな声援にホールが包まれた。

さすがだ。奴には勢いってもんがある。これぞオールスター戦。

「どうです龍二さん。これでいいですか？」

藤堂のその嫌味たらしい言葉に龍二は舌打ちした。

「うるせえ。バーディーとりゃいいんだろ」

隣にいた龍三が親指を立てた。

「楽勝楽勝。任せとけ」

「外さないでくださいよ。いきなり差がついたら面白くないですから。では」

また言うだけ言って藤堂は移動してしまった。

「あのくそガキ。絶対に負けねえぞ」

龍三も龍二に続く。

「ああ。ブッ倒してやる」

二人は妙に熱くなっている。藤堂の挑発にのってショットが乱れなければいいがと龍一は心配する。だがこのホールは問題なかった。まずは西城チーム三番手の吉本が十メートルパットに挑んだ。惜しくも一メートル手前でストップ。そのままカップインしてプラスマイナスゼロのパーをセーブ。お次は与那嶺チーム。バーディートライだ。芝目をよく確かめて、龍三はボールを転がした。安心して見ていられる。球はカップに一直線。カランコロンといい音がグリーンに響いた。そして最後に阿武隈川チーム。三番手の新富康夫が難なく二メートルパットを沈めバーディー。大きな拍手の中、新富は大きく手を上げた。

一ホールが終了して阿武隈川、与那嶺チームが並んだ。パーをセーブしたにもかかわらず西城チームが一歩出遅れるスタートとなった。

「最後にどうなっているのかが楽しみですね先輩方」

また藤堂だ。コイツは何か言わないと気が済まないのだろうか。龍一はあくまで冷静だったが、龍二、龍三は彼の背中に文句をぶつけていた。意地の張り合いだけで試合が終わらなければいいのだが……とため息を吐いた。

お昼を過ぎると、段々と気温が上昇。少し暑さを感じた。それでも東京よりはずっと涼しいだろう。同じ日本にいるとは思えないくらいに。

一流プレーヤー達の魅せるゴルフで試合は大いに盛り上がり、順調に進んでいた。

裏では龍二、龍三対藤堂の白熱した戦いがあり、龍一はずっとヒヤヒヤしながら見ていたが、何とか十五ホールを終えた。現在、フォーアンダー（—4）でトップを走るのが阿武隈川チーム。十三番ショートホールでボギーを叩きスコアを一つ減らしたものの、それ以外はパーとバーディーの好成績。その下で食らいついているのが与那嶺チーム。一位と一打差のスリーアンダー（—3）。決して調子は悪くないのだが、三人ともパットに微妙なずれがあり、十一番から十五番までパーと停滞している。三位が西城チーム。九番ホールで佐野が池に落としてしまい、それが致命傷となり一位と三打差離れている。逆転はもう難しそうだった。優勝は、二つのチームに絞られた。

残り、十六、十七、十八の三ホール。試合も大詰め。ここからは妙な緊張感に包まれるだろう。それでも集中力を絶やさず、絶対に逆転すると、龍一は心に誓っていた。

しかし、試合は思いがけぬ展開へと変わろうとしていた。これまでに味わったことのない危機が、与那嶺チームを襲おうとは、夢にも思っていなかった……。

それは、十六番ホールへ移動している最中に起こった。龍一、龍二、龍三の三人で一緒に歩いていると、明らかに様子のおかしい係員が走ってやってきた。そして、こう囁《ささや》いてきたのだ。

「与那嶺選手……ちょっとロビーまで来てもらっていいですか？　大変なことになり

ました」

　龍一が、眉《まゆ》をひそめる。

「大変なこと？」

　一体、何だろう……。

「ええ。とにかく早くきてください」

「え？　それって俺達も？　試合はどうすんだよ」

　と龍三が尋ねる。係員はやたら焦っていた。

「それどころじゃないんですよ。さあ早く」

　訳が分からないまま、三人は逆の方向に身体を向けた。

「何だよ……理由を説明しろよ理由を」

　と龍二が文句を言う。しかし、頭が真っ白といった様子の係員の耳には入っていなかった。さっさと先を歩いて行ってしまう。

「行くしか……ないよな」

　龍一の集中力は、切れてしまっていた。余計な心配が、頭を過《よぎ》る。

「どうしたんだい？　一体」

　阿武隈川とすれ違い、声をかけられた。

「係員が急いでいた様子だけど、何かあったか？」

隣の新富も怪訝《けげん》そうな顔をしている。

「よく分からないんですが、ロビーまで来てくれと言われまして」

「なんだ、こんな大事な時に。よほどのことがあったか……」

「さあ」

龍三が首を傾げる。

「では、ちょっと失礼します」

「ああ」

阿武隈川に頭を下げて、与那嶺兄弟は先を急いだ。龍一の胸には、モヤモヤした何かが渦巻いていた。


ロビーに到着すると、既に大勢の係員が輪を作って与那嶺兄弟を待っていた。

「どうか……しました？」

龍一が恐る恐るそう尋ねると、全員の視線が集まった。そして、頭の薄い小太りの責任者が、額を汗びっしょりにして前に出てきた。

「大変ですよ龍一さん、龍二さん、龍三さん」

「だから何が大変なんだよ。早く説明しろ。こっちはそれどころじゃねえんだ」

龍二が怒りをぶつけると、責任者の手から、一通の茶封筒が差し出された。

「これが先ほど、時間指定便で届けられまして……読んでください。三人に送られた物です」

龍一が受け取り、中身を確認する。白い便箋《びんせん》が入っており、抜き取った。三人は顔を寄せ合い、パソコンかワープロで書かれた文字を追っていった。紙にはこう書かれていた。

『与那嶺三兄弟。君達の試合はいつも観させてもらっている。今年の活躍はとても素晴らしい。オールスターも兄弟揃っての出場。しかも三人が同じチームでプレーする。最初で最後のことではないだろうか？　私にとってもこんなチャンスは二度とない。君達と対決する時がやっと訪れたというわけだ』

「対決？」

と龍一は呟《つぶや》く。

『これから私とゲームをしよう。君達が勝てば、君達はもちろん、一般人も助かる。しかし負ければ、多くの死傷者を出すことになるだろう』

三人は顔を見合わせた。そして次の文に目を疑った。

『十六、十七、十八番コースにそれぞれ爆弾をしかけた。信じる信じないは、君達の勝手だ』

「ば、爆弾？」

と龍三が目を大きくさせて声を上げた。龍一は冷静に、文字を追った。

『ルールは簡単。その仕掛けられた爆弾を、爆破させなければいい。その為にはどうすればいいか。これから始まる十六、十七、十八番ホール。全てバーディーでホールアウトすればいい。それが出来なければ、爆弾のスイッチを押す。君達なら、クリアできると思うがね』

何てことだ……。パーをセーブするだけでも大変なのに、それよりも一打少ないバーディーで。

『今はプレー中だ。放棄などできるはずがない。君達はやるしかない。死ぬかもしれないというプレッシャーの中でな。このことは警察にはもちろん、他の選手にも、ギャラリーにも知らせてはいけない。裏工作をしても失格。違反をすれば、ただちに爆破だ』

そして最後に、こう書かれてあった。

『それでは、ゲームスタートだ』

「一体誰がこんなもの！」

と龍二が声を荒らげた。

龍一は、責任者に目を向けた。

「これは……」

「どう、思いますか？　ただのイタズラでしょうか？」

「当たり前だろ。イタズラだイタズラ」

龍二は無理に強がっている様子だった。

確かに犯人と接触しているわけではないので、その可能性は十分ある。自分達を恨んでいる人物の嫌がらせか。プレッシャーを与え、スコアを乱れさせる。

「でも万が一、本当だとしたら……」

問題はそこだ。書かれてある通り、実際に爆弾が仕掛けられているのだとしたら。

「どうするよ兄貴。やばくねえか？」

龍三に肩を揺すられる。常に冷静沈着に物事を解決する龍一でさえ、答えが出てこなかった。嘘かもしれない。しかし、本当かもしれない。その場合、事件に関係のない他の選手やギャラリーを救えるのは自分達……。時間ばかりが過ぎていく。

「おい兄貴」

「行こう」

龍一と龍三の声が重なった。

「え？　でも……」

「信じるっていうのかよ。こんな馬鹿げた手紙を」

龍一は龍二の目を真剣に見つめた。

「嘘とは言いきれない。大変なことが起きてしまうかもしれない。この手紙に書いてある通り、爆弾が仕掛けられてあると考えてみろ」

龍二と龍三は、黙ってしまった。

「プレーを中断するわけにだっていかないんだ。どっちにしたってやるしかない。要するに、十六、十七、十八と、バーディーをとればいい。そうだろ」

強気な台詞《せりふ》を言ってしまったが、正直、怖かった。自分にそう言い聞かせていたのかもしれない。

「早く戻らないと変に思われる。さあ行こう」

「いやしかし龍一さん。危険すぎますよ。ここはやはり警察に。あなた達の身だって」

龍一は責任者に首を振った。

「その方がもっと危険ですよ。犯人が分からないんだ。もしかしたらすぐ近くにいるかもしれない。下手な行動はできませんよ。大丈夫……大丈夫です」

責任者を安心させ、龍一は再び二人に身体を向ける。

「時間がないんだ。行くぞ」

複雑な表情を浮かべる龍二、不安がる龍三。二人はスッと顔を上げ、頷《うなず》いた。

「よし」

緊張で、微《かす》かに声が震えた。

こうして三人は、ロビーを後にした。
十六、十七、十八のスリーホール。全てバーディーを取らなければ、爆弾のスイッチを押すという犯人からの警告文が、龍一の頭の中で繰り返されていた。
十六番ホールに着いた途端、龍一は肩をすくめ怖《お》じ気《け》づく。極度の緊張に見舞われる。龍二も龍三も、不安を隠せない。

このホールのどこかに、爆弾が隠されている可能性が……。

全ての視線がこちらに向いた。ざわつくギャラリー。

犯人はテレビで観ている？　それともこの中のどこかに？　そう思うと全員が犯人

に思えてしまう。

両親と目が合う。まだこちらの様子には気が付いていない。怪訝《けげん》そうな目で見る選手達。プレーは中断していた。阿武隈川、西城チームはもう既に一打目を終えていたのだ。

「何をしていたんですか先輩方。もう諦《あきら》めたのかと思いましたよ」

藤堂の冗談交じりの挑発も、今の龍二と龍三には聞こえていないみたいだった。当然、言葉を返す余裕などない。

「あれ？　どうしちゃったんですか？」

予想とは違う反応に、藤堂も拍子抜けする。

コイツは事ある毎に絡んできていた。まさか藤堂じゃ？　いや違うか。

「どうしたね龍一君」

阿武隈川に声をかけられ、作り笑いで誤魔化した。

阿武隈川のこの態度、妙に落ち着いていないか？　優勝するために脅迫文を送ったとは考えられないか？　しかし彼がそんなことするか？

ふと、新富の視線に気づく。じっとこちらを見据えていた。冷酷な表情に見えたのは自分だけか？　まさか……。

「何か……ありました？　顔色悪いですよ」

心配そうに声をかけてくる高峯。龍一は、「いや。なんでも」と言って、落ち着かない気持ちを悟られないために、二チームの第一打を聞いた。阿武隈川はしっかりとフェアウェイキープ。西城のショットには乱れがあり、ラフに落としてしまったという。しかし、会話も上の空だった。

「どうも」

「グリーンまで四百五十ヤード。左方向に打ってしまうと、距離は縮まるのですが、二打目は木で前方が隠れてしまうので、ここは右方向に打つのが無難でしょうね」

十六番ホール。パーフォー。バーディーをとるには、三打でカップに入れなければならない。逆の『く』の字に似たこのコース。高峯が言うように右に打つのがベストだろう。フェアウェイの幅も大きい。ラフの心配はないだろう。しかし、二打目で龍二は確実にグリーンに載せなければならない。カップまで二百ヤード近くは残るであろうその場所から、寄せてくれるだろうか。グリーンの幅は大きいが周りはバンカーだらけだ。距離の縮まる左に打って賭《か》けに出た方がいいのではないか。それともやはり安全に行くべきか。パーでも爆発……爆発する。そうなったら俺達も、ギャラリーも……。

そう、きっとあの手紙は嘘だ。嫌がらせだ。いや、犯人の言うとおりどこかに……。

パニックに陥りそうになった自分を必死に取り戻す。とりあえずここは龍二を信じて右に打つ。

高峯が差し出す一番ウッドを手に取った龍一はティーグラウンドの真ん中に立つ。

その時、違和感を感じた。

「うん？」

ウッドをよく見ると、二番だということが分かった。高峯が、一番ウッドと二番ウッドを間違えたのだ。

おいおい。こんな時に限って。

龍一はグッと怒りを堪《こら》え、高峯にウッドを返す。

「高峯さん……これ」

すると彼はハッとし、深々と頭を下げてきた。

「す、すみません」

そう言って、一番ウッドを取り出す。

「おい。しっかり頼むぜ」

ついつい感情を表に出してしまった龍一。

いや待てよ。ワザというのはあり得ないか？　二番で打ったとしたら、飛距離が足りずバーディーは取れない。高峯はそれを狙っていたのでは？

全員が、犯人に思えてくる。疑ったらきりがない。

龍一は自らに活を入れる。

集中しろ！

大勢のギャラリーが視界に入る。やはりこの中？

そうだ。係員という考えはどうだ？

「おい兄貴！」

龍二に声をかけられ龍一は我に返る。

「あ、ああ」

素振りを終えた龍一は、後ろで見ている龍二と龍三に目をやった。二人は大丈夫というように頷いてくれた。龍一もそれで、決心がついた。一歩前に出て、構えた。周りがしんと静まり返る。余計に肩に力が入ってしまう。あまりの緊張に耐えきれず、深呼吸。前方を確かめ、再びボールに頭を戻す。そして、要らぬことを考える前に、クラブを振り下ろした。その瞬間、心臓が張り裂けそうなほどの衝撃が走った。身体が硬くなっていた為か、龍一の打った球はスライスしてしまった。マズイ。このままではラフに転がってしまう。そうなってしまったら、バーディーは確実に無理だ。

銃で撃ち抜かれたような顔で球を追う龍一。頼む、頼むと心の中でそう願う。その思いが通じたのか、一度ラフに入ったのだがバウンドし、フェアウェイで止まってくれた。ピンチを切り抜けた龍一は安堵《あんど》した。ギャラリーから拍手が起こった途端、膝《ひざ》から崩れ落ちそうになった。

「次は俺に任せろ」

後ろに立つ龍二に身体を向けた龍一は、重い首を下げた。高峯にクラブを渡し、移動した。

何だこの重圧は。龍一の額や背中には、ベッタリとした汗が滲《にじ》み出ていた。


二打目の先頭は西城チーム、佐野。西城が入れてしまったラフからしっかりとフェアウェイに戻す。グリーンまであと五十ヤード程度か。正直、もう他人のプレーなどどうでもよくなっていた。頭には、爆発という二文字。

「さあここでもカップに寄せちゃいますよ。何なら入れちゃいましょうかね～」

ワザと龍二に聞こえるように言う藤堂。龍二は、お前の相手をしている暇はないというように、厳しい顔で腕を組み、両足を開きドッシリと構えていた。

藤堂の二打目。多くのギャラリーが見守る中、ダラリとした独特の構えから、何も考えていないような素早いショット。低い弾道で伸びていく球は方向的には良かったのだが、少し力みすぎたか、グリーンには落ちたものの、カップを通り過ぎ、その奥のラフに入ってしまった。ギャラリーからは、ため息。藤堂は心底悔しそうにしていた。

「まあたまにはこういう時もありますよ」

と言って、阿武隈川の横に立った。そして、とうとう龍二の番が回ってきた。龍一と龍三は、あえて声はかけなかった。いつになく険しい表情の龍二。考えすぎて固くなりすぎているのではないかと心配したが、二人の力ではどうにもならない。あとはもう、信じるのみ。

「頼むぜ兄貴」

と呟《つぶや》く龍三。龍一は、龍二の様子を黙って見守る。このプレッシャーに、勝ってくれ。

高峯と相談し、龍二が手に取ったのは五番アイアン。弾道が低ければ低いほど、グリーンに載ったとしても転がって藤堂のようにラフに落ちてしまう。ボールをストンと止めるには、短いクラブでなければ難しい。龍一が危なっかしくも飛距離を出したぶん、クラブの選択幅も広がった。五番アイアンが、ギリギリの線だろう。

しつこいくらいに素振りをした龍二が、ボールの前に立った。珍しく、深呼吸。それを見た龍一の鼓動は、更に速さを増した。その後は、いつもと同じように距離を確かめながら肩を上下させ、ボールに向き直る。そして、クラブを握る両手を肩の上まで持っていき、ボールの真ん中ではなく、芝を刈るように、真下を思い切り叩《たた》いた。

高い弾道で一直線に上がった球は、左側に並ぶ木々を越え、グリーンへと伸びていく。

いける！

と確信したその直後、龍一は、あ、と口を開いた。飛びすぎたかもしれない、と思った時にはもう、グリーンに落ちていた。龍一の予測どおり、球は旗を越えていた。しかし、止まったと同時にバックスピンがかかった。白いボールはカップに吸い寄せられるようにして、およそ残り六メートルの距離で静止した。その結果に、龍二の肩が、ストンと下がった。大喝采《かっさい》が送られる中、龍一は龍三の腰を、軽く叩いた。すると、龍三の背中はビクリと反応した。

「お前なら大丈夫。決められる」

「ああ……ああ」

相当怖《お》じ気《け》づいている。小刻みに震える手を握りしめ、龍三はグリーンへと歩いていった。

「ナイスショットだ」

心の底から龍二を褒めると、

「心臓に……よくねえよ」

と、全ての息を吐き出しながらそう言った。「やっぱよく考えたんだけどよ……あの手紙、マジで」

「分からない。でも、外せねえだろ」

「……ああ」

喜びと興奮に包まれているホール。ただ三人だけが、深刻な顔をしていた。龍三の後を追うように、二人もグリーンへと移動した。


第三打。まずは残り五十ヤードの西城チームから。ここは吉本がカップに寄せる為に使うピッチングウェッジできっちりとグリーンに載せた。カップまで残り三メートルといったところか。うまく西城につなげた。次は阿武隈川チーム、新富。ここも同じくピッチングウェッジを使う。カップまで十五ヤード。チップインだって十分あり得る。がしかし、一流のプロといえどそう簡単に決めることはできず、一メートル手前で惜しくもストップ。そのままカップに入れてパーセーブとなった。

龍一は、自チームの印に歩み寄る龍三を見つめていた。

「龍三〜決めろよ〜。バーディーだ」

ギャラリーから声援が飛ぶ。龍一は、頼むからやめてくれ、と叫びたかった。これ以上のプレッシャーをかけないでくれ。

龍三は球を置き、パターを立ててしゃがんだ。カップまで少し上っている。下っているよりかはましであろう。最も重要なのは芝目をどう読んでいるかである。力の調節もそうだ。この二つが上手く重ならなければカップには入らない。六メートルは決して簡単ではない。龍三は今日、パットに微妙なずれがある。しかしそれでも入れてもらわなければ……。犯人が爆弾のスイッチを押そうとしていると思うと、見ているのが怖くなった。大声を出して、逃げ出したかった。そんな龍一があれこれ考えているうちに、龍三は素振りで力加減を確かめ、一歩、前に出た。だが、打とうとしているのだが、なかなか手をだすことができない。龍三はただカップを見つめ、止まってしまった。それが、しばらく続いた。我慢できず、さすがのギャラリーもざわつきだす。係員がすぐさま、お静かにというプレートを立てる。龍一も、大きく息を吐き出した。龍三は、更に数秒間迷った末、パターを、ボールに当てた。右にそれる。しきり直し。

カーブを描き、グリーンの上を転がっていく白い球。少し力が弱いのではとドキリとしたが、何とか穴の中に落ちてくれた。その瞬間、龍三はグリーンにしゃがみ込んでしまった。苦しそうに口で息を繰り返す。すぐに龍一が駆け寄り、ゆっくりと立たせた。その光景に、誰もがおかしいと気づき始めていた。

十六番ホールは何とかクリアできた。しかし、まだ二ホール残っている。あの手紙が嘘と分かったらどれだけ楽になるだろう。三人の精神状態は、既にピークに達していた。このままでは、龍一達が先に潰《つぶ》れてしまいそうだった。

十七番ホールへと向かう途中、阿武隈川に声をかけられた。

「与那嶺君」

龍一は、平静を装い振り向いた。

「はい」

「やはり何かあったんだろ。あれから君達の様子は明らかにおかしいよ。顔が青ざめているぞ」

「い、いいえ。何もないですよ」

「僕だけには話してくれないか？　一体どうしたっていうんだ」

龍一は、無理矢理、笑みを作った。

「本当に何もないですから。失礼します」

そう言って、龍一は逃げるようにして阿武隈川から離れていった。どうして俺達だけがこんな苦しい目に遭わなきゃいけないいんだと思った。

龍一達に何が起きているかなど、周りの人間には知る由もなく、阿武隈川チームと与那嶺チームのスコアが並んだことで、試合は大盛り上がりをみせていた。もし、手紙の事実を知ったら、ギャラリーはパニックに陥り、誰もが逃げ出すだろう。そして、怒り狂った犯人の手で……。

あまりにもリアルな映像から、龍一は抜け出した。今はまだ、平和な光景。誰もがプレーを楽しんでいる。このまま、試合を終わらせたい……。

しかしプレッシャーはまだまだ続く。十七番ホール。パースリーのショートホール。ここでは二打でカップに入れなければバーディーは取れない。一打目で龍一がグリーンに載せ、次に龍二がカップに沈めなくては。イメージはできあがっている。あとはその通り打つだけだ。

両チームの一番手である阿武隈川と西城が一打目を終えた。急に風が強くなり、前のホールからペースを崩した西城はグリーンの奥のバンカーに落としてしまった。振り返った際、西城がこちらに、失敗したよというように微笑みかけてきた。龍一にはそれが不気味に感じられた。ドキリと身体が反応する。ちょっとしたことでも犯人に見えてしまう。

あれこれ考えているうちに阿武隈川はショットしていた。強風などものともせず、カップから五メートルの距離でボールを止めるスーパーショットを見せた。龍一の身体が、苦しさに締めつけられた。無論、自分の番が早くも回ってきたからである。

カップまで百八十五ヤード。高い位置からグリーンに落とすような高低差の激しいコースである。手前には池。そこに入れた瞬間、犯人が言うゲームは終了する。奥にもバンカー。左右はラフ。要するに、ここをクリアするにはグリーンしかない。しかも、龍二が楽にパターを打てるように、できる限り寄せてやらなければならない。風の強さはおさまっていない。高低差の激しいコースなので、かなりの影響を受ける。

このショートホール。全てはこの一打にかかっている。

「兄貴……」

不安そうな龍三の肩に手を置いて、安心させた。この腕に人命がかかっていると自分に言い聞かせ、龍一はティーグラウンドの真ん中に立った。

現在、右斜めからの向かい風。旗がバサバサと揺れている。少し強めに打たなければば、押し戻されてしまうだろう。

「風、何メートルくらいかな」

緊張をほぐそうと、高峯に話しかけた。しかし、彼は答えない。カップの方をじっと見据えている。

このキャディー、さっきから変じゃないか？　気のせいか？

足の震えを悟られないために、太股《ふともも》に力を入れて、念入りに素振りをする。そして、生唾《なまつば》をゴクリとのみ込み、クラブをボールの前に置いた。

焦るな。緊張するな。ここを乗り越えられれば、あと一ホール。大丈夫。いつも通り。いつも通り。

絶対に負けるな。心の中でそう叫び、龍一はショット。ジャストインパクトだった。狙った通り、球は右方向に飛んでいく。カップにはそれているが、龍一の計算通り、風に流され、旗へ伸びていく。予想以上手前でグリーンに落ちてしまったが、運は龍一を見放してはいなかった。バウンドした球は、二回、三回と小さくはずみ、転がっていく。しかも、カップに近づいていくのだ。芝目も味方してくれたおかげで、残り一メートル。いや、もっと寄っているのではないか。あわやホールインワンの、奇跡の一打となった。

龍一は、思わず右手拳《こぶし》を空に大きく上げていた。しばらくその体勢のまま、動けなかった。ギャラリーからも、一つ間があいて拍手が起こった。その音が、金縛りを解いた。龍一が真っ先に目を向けたのは、龍二と龍三だった。ホッとした様子を見せている。そんな表情をしているのは、もちろん三人だけだった。龍一は震える足で、二人の元に歩み寄った。

「龍二……頼むぞ」

あとはパターでボールを軽く当てるだけ。そんなこと言うまでもなかったが、その言葉は、今の心境を強く表していた。

「ああ……問題ない」

「これで……残るは十八番。ロングホールか」

龍三が、そう呟《つぶや》いた。それはもう間違いないが、まずは三人、グリーンへと移動した。

言うまでもなく、龍二は二打目でボールをカップに沈めた。同じく藤堂も決め、バーディー。西城チームは、三打でホールアウト。パーをセーブした。

これで十七番ホールが終了。龍一達は再びピンチを切り抜けた。一方、ギャラリーが注目するのは、与那嶺、阿武隈川チームのスコアである。ファイブアンダー（―

5）同士の一位タイ。決着がつくのは、十八番ホール。
そう、『全て』はそこで決まる。

「……行くぞ」

龍一を先頭に、龍二、龍三は、最終ホールへと、向かった。


運命を左右する最終十八番。

ホールに着いた途端、何かの前兆か、あれほどまでに晴れていた空が、急に曇りだした。雨が降りそうだ、というギャラリーからの声。異様な雰囲気に包まれる中、龍一はただ、日差しがなくなったグリーンの上に立つ旗を、見つめていた。ここまで来れた。これが最後だ。平常心になれと、繰り返し自分に言い聞かす。

肩を、叩《たた》かれた。振り向くと阿武隈川が立っていた。

「どうしたんだ。何度も呼んでいるのに」

「あ、すみません」

集中しすぎていたせいか、全く分からなかった。

「十七番では驚いたよ。ここまでお互い同じスコアだ。頑張ろう」

「は、はい……」

龍一の腕を軽く叩いて、阿武隈川は打つ準備に入った。

先程から、彼の方から話しかけてくる。様子を窺《うかが》っている？

「余裕を見せてますけど、阿武隈川さん相当燃えてますね」

高峯が耳元でそう囁《ささや》いてきた。

黙っていたかと思えば急に喋《しゃべ》り出すこの男。

「そ、そうですね」

としか返せなかった。

「こっちも負けてられませんね。絶対に優勝しましょう」

「え、ええ……」

その言葉を最後に、二人は口を閉じた。阿武隈川の第一打。静まり返るティーグラウンド。優勝の行方を左右するこのショットに、ギャラリーは固唾《かたず》をのんで、注目する。リラックスした構えから、グッと力を入れた阿武隈川は、乱れのないスイングを見せた。球は追い風にのり、三百ヤードほど飛んでフェアウェイで止まった。拍手よりも先に、その飛距離にどよめきが起きた。満足そうに手を上げる阿武隈川と目が合い、反応に困ってしまった龍一はすぐに視線を外した。

「おい兄貴」

西城が素振りをしている時、龍二が耳元に口を近づけてきた。

「何とか飛距離を伸ばしてくれ。そしたら俺が二打でグリーンに載せてやる」

無理はしてほしくなかったが、龍一は何も言わずに頷《うなず》いていた。プレッシャーに強い龍二だ。調子も最高にいい。何より二打でグリーンに届けば、バーディーはほぼ確実だ。
十六、十七とあまり良くない西城のショット。今度はしっかりとフェアウェイに載せて、次の佐野に上手《うま》く繋《つな》いだ。
「さあ頑張れ与那嶺!」

その一つのかけ声が、大きな声援を呼んだ。目を閉じて精神統一していた龍一は、覚悟を決め、歩き出した。そしてティーグラウンドの真ん中に立ち止まり、軽く息を吐き、風で揺れる旗を、再び見た。

十八番。五百ヤード。パーファイブ。まるで日本の地図を表しているかのようなこのコース。打つ地点が九州。グリーンが北海道といったところか。フェアウェイの幅は狭く、一打目に極端に右に寄せてしまうと、二打目は多くの木に邪魔される形になる。かといって、そう意識しすぎても危険である。ちょうど二百六十ヤード地点か、左寄りに大きな池があり、そこに入れてしまえば、アウト。必ずそれ以上の飛距離を出し、なおかつ右に寄せないことを考えなければならない難しいコースである。しかしこの条件をクリアしなければ、バーディーには届かない。前にプレーした時、この十八番で池に入れてしまいボギーという最悪の結果を残している龍一だけに、不安は隠せない。だが慎重に。龍二に二打目でグリーンに載せてもらう為にも……。

現在、風は後ろから強く吹いている。向かい風だと戻されて池に落ちる可能性が大きいが、その心配はない。飛距離を出す絶好の時。

背後には、龍二と、龍三。静寂の中、彼らの願いが、伝わってくる。

素振りを終えた龍一は、白いボールをじっと見つめ、クラブを大きく大きく上に持っていった。そして、最高地点に達したと同時に、思い切ってスイングした。一瞬のうちに消えた鋭い音。パラパラと散った芝。球はもの凄《すご》い速度で飛んでいく。しかしその瞬間、龍一の脳裏に、ホールが爆破される映像が、作り出されてしまった。

しまった！

最終ホールということで力が入りすぎたか、それとも池を意識しすぎたせいか、右方向にそれていく。風よ左に吹いてくれ。そんな願いもむなしく、フェアウェイはキープしたものの、それでもギリギリ。すぐ横はラフ。一番ネックなのは、先にある大きく構える木々である。グリーンを狙って、当たるか当たらないか、すれすれの位置

ではないか。その結果に龍一は、危機を感じた。後ろにいる龍二に、

「すまない」

としか言えなかった。さすがの龍二も悩んでいる様子だった。

「どうする。安全にいくか……それとも」

龍三が選択を迫るが、まだ答えは出ない。龍一はただ、申し訳なさで一杯だった。

「向こうへ行ってから考える」

当然、打つ場所に立たなければ判断はできない。龍二はそう言って、足早に移動していった。

「大丈夫だよ兄貴。きっと龍二兄貴なら」

悔やんでも仕方がない。先のことを考えるのが優先だ。龍三の言葉に、

「分かってる」

と返し、二人も次の地点へと向かった。


焦る気持ちを抑え、ボールが落ちた地点に到着した三人は、絶句した。想像していたよりも、きわどいライン。右方向にあるグリーンが、多くの木で全く見えない。残り約二百ヤード。一旦《いったん》、見通しのよい場所に出す手もあるが、それでバーディーは取

れるだろうか。賭《か》けに出るのなら、当然木を越えなければならない。しかしその場合、距離を出すために弾道の低いクラブを使わなければならない。もし当たって林の中に入ってしまったらもう終わりだ。

「どうする」

龍三がそう聞いても、龍二はまだ迷っている。時間ばかりが過ぎていく。結局、何の答えも出ないまま、グリーンから一番遠い西城チームの二打目にはいった。二番手の佐野は、賭けにでることもなく、残り百ヤードまで距離を縮めた。それをすぐ近くで見ていた龍一は、やはり安全策をとった方がいいのではないかと思った。

あれこれ考えているうちに、与那嶺チームの番が回ってきてしまった。龍一と龍三は、高峯と相談する龍二を見つめる。このショットで運命が決まると言っても過言ではない。話し合いは、長く続いた。そして、龍二のとった行動に、龍一の心臓は、強い反応を示した。高峯から受け取ったのは、とても安全とは思えない四番ウッド。その選択にギャラリーからはざわつきが。

「どういうつもりだ。木に当たるのも覚悟の上なのか」

「あの人のことだ。きっとそうですよ」

隣にいる阿武隈川と藤堂のやりとりがきこえてくる。

違う。そうじゃないんだ。龍一は、ただ黙って見守る。龍二が決めたことだ。信じるしかない。

「おい大丈夫かよ」

心配そうに洩《も》らす龍三。

「大丈夫だ」

と言い聞かす龍一。しかしそうは言っても、不安なのは一緒だった。もし万が一、と頭のどこかで考えている。

やがて辺りはしんと静まり返った。誰もが無謀だと思うクラブの選択。逆に、ギャラリーからは期待の目が注がれた。一方、龍一と龍三はそんな風には見られなかった。心臓が、今にも破裂してしまいそうなほど……。

龍二が、素振りからとうとう構えに入った。龍一は、目を瞑《つぶ》りたい思いで一杯だった。だがそれは龍二も一緒。逃げずに戦っている。

グリーンの方向を確かめて、いつものように肩を上下させる。そして一息吐いてから、クラブをスーッと持ち上げ、迷いなく一気に振り下ろした。

シュン。

風を切って白い球は飛ぶ。途端に、ギャラリーから悲痛な声があがった。誰もが絶対に木に当たると確信した軌道だったのだ。無論、龍一もその一人だった。ダメか、と諦《あきら》めた。しかし、三人の思いが通じたのか、ボールは木のてっぺんをかすり、グリーンに向かって伸びていった。が、喜んだのもつかの間、葉に当たり勢いを失ったせいで、惜しくも一歩届かず、バンカーに入ってしまった。

残念そうな吐息が、辺りに洩れる。

「くそ！」

悔しそうに、龍二は地面を踏みつけた。龍一と龍三は歩み寄り、そっと声をかけた。

「よくやった」

「あとは俺と兄貴に任せろ」

その言葉に、龍二の口が開いた。

「……分かった。頼むぜ」

龍一は、次のショットを思い描いていた。龍三は小技が得意だ。バンカーから上手くリカバリーしてくれれば、バーディーは取れる。いける！　と龍一は思った。しかし、三人が考えているほど、三打目は簡単なものではなかったのだ。

阿武隈川チームの二番手である藤堂が二打目を終えた。グリーンに載せるチャンスはあったのだが、木が少し気になったか、勝負にはでず、残り四十ヤード地点でボールを止めた。

続いて西城チームの三番手である吉本。ポーンと球を高く上げ、しっかりとグリーンに載せた。カップまで七メートルほどあるだろうか。少し離れたが、ギャラリーからは温かい拍手が送られた。そして、優勝のかかっている阿武隈川チームの三打目が回ってきた。ボールの前に立ったのは新富。普段の穏やかな表情から一転、鬼のような形相でグリーンを睨《にら》む。当然ここはカップに寄せてくるのだろうと誰もが予測していた。が、波乱はここで起きた。手元が狂ったか、彼の打った球は旗とは違う方向へ飛んでいく。辛うじてグリーンで止まったが、カップまで二十メートルはあるか。かなり離れている。ここへきて、らしくないミスを新富はしてしまった。優勝から遠ざかった阿武隈川チームは、グリーンへと移動した。

十八番ホールも、終盤を迎えた。まだ三打目を終えていない与那嶺チームも、二チームと一緒にグリーンへと向かう。まずはバンカーからボールを救出しなければならなかった。それからが勝負だと、龍一は思っていた。が、グリーン手前のバンカーに着いた三人は、思わぬ状態に啞然《あぜん》とした。球は深くめりこんでおり、ほんの少ししか白い部分が見えていない。よく言われている『目玉』すらほど遠い。これではかなり難しい。下手したら、戻って再び砂に落ちてしまうかもしれない……。こんな時に限って、どうして……。

「まずいな……」

さすがの龍三も、これには参っている。

「目一杯叩《たた》くしかないか……」

と龍二。

「そ、そうですね……」

横の高峯が続く。

「出すのが精一杯か……」

龍一の眉間《みけん》に、皺《しわ》が寄った。もしグリーンに載せることができても、六メートルは覚悟しなければなるまい。

悩んでいる四人の元に、藤堂がやってきた。

「こりゃ重症ですね先輩方。この様子だとウチのチームとプレーオフですね。下手したらボギーで優勝は我がチームですね」

軽々しいその発言に、とうとう龍一の頭の中がプチッと切れた。

「お前の命だってかかってるんだぞ」

すかさず龍二が止めに入る。

「おい兄貴」

「え？　何か言いました？」

「何でもねえよ。いいから自分のチームに戻れよ」

龍三がそう言うと、

「はいはい分かりました」

とふてくされて阿武隈川の元に戻っていった。

「ど、どういうことです？　命がかかっているって」

すぐ側で聞いていた高峯を誤魔化すことはできなかった。

「やはりあの時、何かあったんですね？　そうなんですね？　脅されているとか、そういうことですか？」

龍一は、口ごもる。

この男、知っていてワザと聞いてきたのでは？

やめろ。今は誰も疑うな。プレーに集中だ。

龍三が、高峯に手を差し出した。

「何でもないです。クラブを」

「いやしかし……」

「いいから。さあ」

高峯は、頷《うなず》いた。

「分かりました」

クラブを受け取った龍三は、砂の中に入る。少し斜めになっている所なので、左足を大きく横に開き、打ちにくい体勢から構えた。しかし、力の入れ方に迷っている。それとも、緊張で打てないか。龍三はなかなかショットしない。歩幅も気になっているようだ。少し縮めたり、戻したり。微妙に前に出たり、下がったり。その動作を繰り返し続ける。そしてようやく決心がついたか、クラブを握り直し、砂に埋まっているボールを、渾身《こんしん》の力で叩いた。

鈍い音と一緒に、波のように砂が大きく舞い上がった。が、その豪快さとは裏腹に、球は全く飛ばず、辛うじてグリーンに載ったというような感じだった。それでも、素晴らしいという大きな拍手が龍三に向けられた。

龍一は、カップとボールを何度も何度も見比べていた。すると高峯が、こう言ってきた。「六メートルといったところですね」

その言葉が、心臓に強く響いた。これを一発で沈めなければ、ホールが爆破される。絶対に決めなければならない。最後の最後にミスはおかせない。そう思った途端、龍一の心が突然乱れた。急に弱気になってしまったのだ。

果たして、この多くの人間を、俺は救うことができるだろうか。役目が……大きすぎる。

「兄貴……ごめん」

クラブを戻した龍三が、歩み寄ってきた。龍一は、顔を強張《こわば》らせながら、無理に口を開いた。

「だ、大丈夫……大丈夫」

その短い台詞《せりふ》を言うだけでも息苦しかった。こんな状態で……打てるのか。

両チームのキャプテンである阿武隈川と西城が、グリーンに上った。龍一もパターを右手に持ち、二人に続く。足が震えて仕方なかった。大きく息を吸い込み吐き出した途端、眩暈《めまい》に襲われた。一瞬のふらつき。目の前が、チカチカする。その場に、しゃがみ込んでしまいたかった。

「兄貴!」

後ろから声をかけられ振り向いた。龍二と龍三から、願いを託される。龍一は、小刻みに頷いた。もう喉《のど》がカラカラで、何も喋《しゃべ》れなかった。

与那嶺チームの目印から、再びカップを見比べる。もの凄《すご》く遠く感じられる。それでも絶対に決めなくては……。とうとう、阿武隈川が最初のパットに、挑もうとしていた。

優勝をかけて、約二十メートル離れた場所に、阿武隈川はボールを置いた。そして、前から、横から、斜めからと、しつこいくらいに芝目を確かめる。龍一の視界には、その様子は全く入っていなかった。自分が打つイメージ。片隅には、失敗した時の、最悪の画《え》。ハッと気づいた時には、阿武隈川は素振りを終えていた。勝負の行方を左右するパット。阿武隈川はかなり強めに、パターにボールを当てた。龍一も、目で追っていく。力調節は完璧だった。方向も良かった。しかし、二十メートルという距離は、そう簡単に決められるものではない。右にそれていく球は勢いをなくしていき、約二メートル手前で、ピタリと止まった。

悔しそうな顔をする阿武隈川に、ナイスタッチ、という声がギャラリーからかけられる。龍一は、益々怖くなっていた。一回でカップに沈められなかった阿武隈川を見て。距離があったからとかそんな事、考える余裕がなかった。ただ、外した彼を目の当たりにして、動揺が増した。

次だ……。次に打順が回ってくる。西城には少しでも時間をかせいでほしかった。

乱れた気持ちを、整理したかった。が、そう願えば願うほど、時は早く進んでいく。七メートルパットに挑戦した西城の球は真っ直ぐ転がっていき、惜しくもギリギリのところで止まってしまった。強い風が吹けば、落ちてしまうくらいだ。ギャラリーからのため息が洩れる中、西城はそのままちょこんと押して、五打のパーで十八番を終えた。ボールを取って、手を上げながら、グリーンの脇に下がった。既に全員の目線は、龍一に集まっていた……。

右手で小さな球を握りしめ、龍一はチームの目印に歩み寄った。その間に大きなエールが送られた。重すぎる緊張と責任。プレッシャーに縛りつけられた龍一は、とうとうグリーンにボールを置いた。

普段の試合の六メートルなら、入れられる自信がある。それなのに、カップまでが凄く遠く感じる。穴が小さく見える。距離を確かめるほど、怖くなる。平常心を装おうとしても、身体の震えだけは隠せなかった。

「頑張れよ与那嶺〜」

ギャラリーの一言一言が、重くのしかかってくる。彼らの命を背負っていると思うと、心臓に負担がかかった。もう、どこにも逃げ道がない状態。追いつめられた龍一は、芝目を確認する。

カップまで力調節の難しい下り坂。簡単な直線ならよかったのだが、大きく右に傾いている。かなり難しいパットだ。左方向に打たなければ、カップからそれてしまう。これを一回で、決められるか……。二つ目には必ずその言葉だ。精神がかなり参っている証拠だった。

その後も龍一は、何度も何度もじっくりと芝目を確かめては、自問自答を繰り返していた。そして長い時間、素振りにあてた。ボールがカップに入るイメージはもちろん作れるのだが、いざ打とうとすると、一歩前に踏み出せない。

龍一は、大きく肩を落とした。

ダメだ。

やっぱり俺には打てない……。

とうとう龍一は俯《うつむ》いてしまった。

どうしよう。と頭にそう浮かんだその時だった。

「がんばれ〜」

子供の声が、耳に入ってきた。龍一はスッと顔をあげる。すると、三歳か四歳かそのくらいの小さな男の子が母親と手をつなぎ、こちらをじっと見つめていた。その光景に、龍一は固まってしまった。

幼かった時の自分を、見ているようだった。母と一緒に間近で父を応援していた。父が勝てば喜び、負ければ悲しんだ。その日の結果がどうであれ、三人で手をつなぎ、帰ったのだ。

懐かしい思い出から覚めた龍一。まだ子供に身体を向けていた。目を離すことが、できなかった。次第に、辺りのざわつきが増す。龍一ではなく、その先の子供に全員の視線が集まった。

この子にも、将来がある。もしかしたらプロゴルファーになりたいのかもしれない。その夢を、ここで消すわけにはいかない。

母親が、子供の耳元で囁《ささや》いた。すると子供はこちらに手を振り、

「がんばれ〜」

と口を開いた。その一言が、龍一を動かした。その子に強く頷いて、一歩前に出た。

グリーンが一気に静まり返る。強い風が、去っていった。

決める。決めてみせる。いつもの自分を思い出せ。そう言い聞かせ、六メートル先にあるカップに全神経を集中させる。そして、ボールを鋭く睨《にら》み、左方向に、パターを振った。

白い球は、ゆっくりと転がっていく。龍一の読み通り、大きく右に曲がっていきながら。力、コースともにばっちりだった。あとはもう、願うのみ。

「頼む！」

叫んでいた。これならいける！　もう少し！　その思いが通じたか、ボールはカップに吸い寄せられていく。そして、入った、と心の中で思ったその時、子供の声が、再び聞こえてきた。

「入れ〜」

カップの周りに、ボールが触れた。沈めた！　と確信した。しかし。

「あ！」

力が少し強かったか、その上で、クルリと球が一回転した。その瞬間、時が止まった。

落ちろ！

心臓の音が、ハッキリと聞こえる。一瞬の出来事のはずが、スローモーションのように見えた。

頼む！

カップの中に、ボールが消えた。静寂に包まれたグリーンに、カランコロンという音が響いた。

しばらくの沈黙の後、歓声が起きた。龍一はガッツポーズもせず、ただ呆然《ぼうぜん》と、立ちつくしていた。

「は、入った……」

バーディーだ。

これで、爆発は防いだ。視界に映るのは、平和な光景。龍二、龍三。俺もみんなも……。

「……助かった」

張っていた糸が切れた瞬間、龍一は気を失い、その場に倒れ込んでしまった。夢には、自分が出てきていた。表彰台に立って喜んでいる、場面だった……。

目を覚ますと、白い天井が広がっていた。自分がベッドの上にいるのだと分かるまで、少しの時間を要した。

そうか……俺。気を失って。

病院？　その文字が、頭に浮かんだ。

「おお兄貴」

「やっと起きたか〜」

　側に立っていた龍二と龍三が、意識を取り戻したのに気づく。後ろのテーブルには、優勝トロフィーが置いてある。

　大会は、終わったのか？

「ここは？」

　龍一は寝たまま二人に尋ねた。答えたのは龍三だった。

「医務室だよ。ビックリしたよ。急に倒れちゃうんだからさ〜。でも心配するな。俺たちがちゃんと表彰台に立ってきたからよ。藤堂の悔しそうな顔も見られたし」

　何だ。この明るさは。

「そんなことよりも……」

　龍二が割って入ってきた。

「大丈夫。大会が終わったあと係員がすぐ通報してな。警察がちゃんと調べてる。おそらく、あの手紙はデマだって」

　それを聞いて、更に力が抜けた。

「嘘……だったのか」

「ああ。爆発物なんて、発見されなかったらしい。全く迷惑な話だよな。一時はどうなるかと思ったぜ。死ぬんじゃないかってヒヤヒヤした」

龍二の話し方を聞いていると、あの事件が嘘のように思えた。とにかく、みんなが無事ならそれでいい。

「でも後で、警察が俺達に事情聴取したいってさ」

龍三が、困った様子でそう言った。

「そうか……分かった」

「でさ！」

急に龍三の声が明るくなる。

「兄貴も少し休めば大丈夫だって医者も言ってたし、今日は三人で盛大にうまい焼き肉でも食べにいこうぜ。たんまり賞金ももらったしな」

「お！　いいね～」

と龍二も続く。龍一は、そんな二人に呆《あき》れた。脅迫文は嘘だったにしても、手紙が届いたのは事実だ。狙われているのには変わりない。どうしてこうすぐに忘れられるのだろうか。

「な？　兄貴も行くだろ？」

「……ああ」

結局は、頷《うなず》いていた訳だが。

「それより……」

龍一がそう呟《つぶや》くと、二人の目が向けられた。

「一体誰があんな物を……」

真剣に考えている傍で、二人はどうでもいいというように、首を傾げた。

「さあ」

龍一はずっと、そのことが頭から離れなかった。

観客、係員、キャディー、プレーヤー、全てが怪しい。

考え過ぎか。しかし、手紙を送ってきた犯人は近くにいたような気がする。最初から爆弾などないのだから。自分たちが恐怖しているのを、冷たい目で見ていたのでは。

推理すればするほど、謎は深まっていくばかりだった。

誰だったんだ。

答えは、十日経っても出なかった。世間が事件を忘れても、龍一の胸にはずっと残っている。

お静かに。というプレートが上がる。ティーグラウンドに立った龍一は、クラブを思い切り振り下ろした。

今もどこかに怪しげな視線を感じる。
『ナイスショット！』
大きな拍手が、沸き起こった……。

ブレーキ

いつまで続くのだと憂鬱《ゆううつ》に感じていた連日の猛暑から、秋の気候に変わったのは突然だった。ベッドから起きあがると、寒さを感じた。風が強いらしく、玄関の表札板がカンカンと扉を叩《たた》いている。部屋の窓を閉めると、外から聞こえる音が遮断された。

ふと空を見上げる。雲の動きが異常にはやい。いつ雨が降ってきてもおかしくないどんよりとした天気だった。今の自分の気持ちを、表しているようだった……。

玄関の扉がゆっくりと開かれる。中からは、行ってらっしゃいという声すらない。

本橋孝信《もとはしたかのぶ》は隣の家をしばらく眺め、一つため息を吐いた。そして縁のない丸いメガネの位置を中指でちょこんと直し、トートバッグを肩に提げながら歩き出した。

ここ一週間、食事がほとんど喉《のど》を通らなかった。元々華奢《きやしや》な体つきだ。こんな日々を続ければ、骨と皮だけになってしまう。小さい頃のあだ名はマッチ棒だった。これ以上痩《や》せたら、どんな名前をつけられるだろうとつまらない考えをする。

運動が苦手という訳ではなかった。だが、みんなと外で遊ぶよりも、家で戦車やジェット機の模型を作っている方が好きだった。パソコンをいじったりゲームをするるのが得意だった。だからだろう。背だけが伸びて、不自然な体形になってしまったのは。顔つきも弱々しい。長い髪の毛に隠れた、細い眉《まゆ》。力のない目。控えめな口。何より顔色が悪い。寒いからではない。生まれつきだ。いや、今は特に青白いのではないか。

まさかあんな事態になるなんて……。

仕事をする気分ではない。この先、どうなってしまうのだろう……。

毎日通る駅までの道のり。もうじき住宅街を抜け、交通の激しい大通りに出る。もうここまで、車のエンジン音が聞こえてきている。孝信は俯《うつむ》き加減でトボトボと歩く。

ふと、足を止める。具体的な理由はない。ただ違和感を感じた。

殺伐とした空気。背後に忍び寄る足音……。

気づいたときにはもう遅かった。孝信が振り返ると、そこには黒いスーツを着た四人の男たちが立ちはだかっていた。全員、こちらを見据えている。孝信は怖くなり、口をあわわと動かし後ずさる。逃げる余裕なんてなかった。足がもつれ、尻餅《しりもち》をついてしまった。強い痛みが走ったが、表情にも出せない。

「来てもらう」

四人の中の一人がそう言うと、孝信は強引に立たされ、真っ黒い高級車に引きずられていた。

「ちょ、ちょっと」

抵抗はしなかったし、叫び声すらあげなかった。あまりに突然のことに混乱はするが、どこか落ち着いている部分があった。なぜ自分がこんな目に遭うのか。何となく、予想はついていた。今の自分の仕事が、関係しているに違いなかった。

車のドアが開かれる。

どうなってしまうのだろう。車に乗せられた孝信は、ただただ不安であった。握りしめる手の中は汗でビッショリだ。心臓の音が、耳にまで伝わってくる。震えをおさえるため大きく息を吸い込む。

「よし、出せ」

全員が車に乗り込み、動き出したと同時に、隣に座っている男が白いハンカチを取りだした。孝信は男の動作を目で追う。その手が、顔に伸びてきた。薄い布が、鼻と口に当てられた。その瞬間、孝信の全身から力が抜け、重い頭がダラリと落ちた……。

孝信の目が、ゆっくりと開いた。ぼんやりとした意識の中、ガラス越しに映る薄暗い空だけを見つめていた。

どれだけの時間、眠りに落ちていたのか。孝信は記憶をさかのぼる。そして自分が連れてこられたことを思い出し、ハッとなる。身体を起こそうとしたが、腹部に巻き付いているベルトがあたりうまく動けない。

「な、なんだよこれ……」

そもそも、ここはどこだ。自分を落ち着かせ、狭い空間を見渡す。目の前には革製のハンドル。その奥には数字の書かれたメーター。足元にはペダルが一つ。両サイドにはドア。そして窓。中央部には小さなモニター。

車の中なのだろうか？　なぜか、運転席に座らされている。助手席には誰もいない。ツーシーターなので後部座席はない。先ほど乗せられた車でないことは確かだ。

孝信は外を確認する。どれだけ続いているのか、一直線に伸びた三車線ある道路。自分はその真ん中にいる。両側は高いコンクリートの壁で遮られており、その先の景色は分からない。

高速道路か？　まず浮かんだのがそれだった。見る限りではそうであろう。だが他の車が一台も走っていない。孝信が乗せられている車がポツリと置かれているだけ。奇妙な光景である。

どうしてこんな場所に？　答えを探す前に、段々と怖くなってきた孝信は、腹部のベルトを外そうとする。だが、どうしても外れない。ドアを開けようとしてもびくともしない。

舌打ちしハンドルを叩きつける。息を乱しながら、

「どうなってんだよ」

と呟《つぶや》く。

牢屋《ろうや》にでも入れられるものだと思っていた。それなのになぜ車の中なのだ。逆に気味が悪い。嫌な予感ばかりしか浮かばない。

「誰か！　誰か助けてください！」

周りに誰もいないというのに孝信は叫んだ。当然、誰も救助になど来ない。その代わり、目の前のモニターの横にある小さなスピーカーから男の声が聞こえてきた。

『ようやく目覚めたか、本橋孝信』

車内のどこかにカメラが設置されている？

孝信はスピーカーに向かって弱々しく喋《しゃべ》りかける。

「ここは、どこなんだ」

『どうして君が連行されたのか、理由は分かっているな？』

答えはしないが、分かってはいる。

孝信は、国の軍事施設に派遣された研究員である。日々、新しい核ミサイルの開発

に携わっている。国の言われるがままに……。

本当は、そんな仕事はしたくない。二年前は緑地化実験を行っていた。人々の役にたつ仕事をしていたかった。なのに今は正反対だ。しかし、逆らうことは許されない。それなのになぜこんな目に遭ってしまったのか……。

十日ほど前、ずば抜けた科学知識を持っているが故に国に強制的に動かされてきた軍事研究員のトップである水野《みずの》裕樹《ゆうき》が新しいミサイルの開発を突然辞退した。いや、前々から洩《も》らしてはいた。彼も、孝信と同じ気持ちであった。しかし今になってなぜ急に国の命令を拒否したのか。

三ヶ月前、他国に発射したミサイルが原因である。今世紀最大の核と言われたミサイルは、敵国の人間の命を数多く奪った。引き裂かれた家族。泣き叫ぶ子供。焼け野原となった街。首や手や足がもげた無数の死体。空から降る黒い灰。敵国は一瞬にして地獄と化した。その映像は、あまりにも残酷だった。水野の開発チームに加わってはいなかった孝信すら、自分が現在やっている仕事が恐ろしくなった。ミサイルを作った水野はそれ以上に恐怖したのだろう。耐えられなかったのだろう。自分が殺したようなものだと。だからより人殺しに優れたミサイルを開発しろという国の命令に背いた……。

その結果が、死である。三日間の猶予を与えられたが、水野の考えは変わらなかった。孝信も何とか説得したのだが、無理だった。彼は今まで研究を続けていた核のデータを処分し、死を選んだ。恐らく、水野は自分ただ一人が処刑されるものだと思っていたに違いない。だがそれは大きな間違いだった。水野だけでなく、彼のチームの者たちも。それだけではない。妻も……。

家族が殺されたのだ。娘は未《いま》だ行方不明。ミサイル開発チームの一員ではなくとも、自分にも何らかの罪が下されるのではないかと、孝信は怯《おび》えていた。

「僕を、どうしようと……？」

男はこう言った。

『君には、ある重要な選択をしてもらうことにした』

「重要な選択？」

『モニターを見たまえ』

言われるまま、視線を移す。暗いモニターから光が発せられた。

とある薄暗い室内。手足を縛られ、イスに座らされている一人の女性。不安そうに、ただ下を向いている。

顔を確認したその瞬間、孝信は身を乗り出す。

「水野！」

声が届いているのか、水野彩華《あやか》はハッとしてこちらに顔を向ける。

「本橋！」

「水野……まさか」

彼女は、残念そうに頷《うなず》いた。やはり国に囚《とら》われていたのか。孝信はどこにいるかも分からない男に怒声を放った。

「水野には関係ないだろ！」

『大いに関係している。何しろ、罪を犯した男の娘だからな。普通ならとっくに処刑されているところだ』

孝信は怒りを抑え、恐る恐る尋ねる。

「どういうことだよ」

『君も軍事施設の研究員だ。今回の件に関係していないことはない。そこでだ……』

「何が言いたい」

『特別に、君に彼女の運命を決めさせる』

彩華とモニター越しに目が合う。

「水野の……」

『そうだ。これから私が出す条件を君がクリアすれば、彼女の命は助けよう。だがもし、君が失敗した場合、彼女はただちに処刑する』

「処刑……」

再び、彼女と視線が合う。

この状況だ。冗談とは到底思えなかった。まさか、こんなことになるなんて……。

水野彩華とは幼なじみである。二十四年間、ずっと彼女は隣にいた。

日に焼けた小麦色の肌。外巻きにカールされた茶色い短い髪。パッチリとした、輝きを放つ瞳《ひとみ》。筋の通った鼻。艶《つや》のある唇。異性にもてそうな整った顔立ち。孝信とは正反対である。性格もそうだ。友達は多く、活発で明るい。いつも笑っている印象がある。家が隣でなければ、話すことなど一度もなかったのではないか。普段だって仲良くはない。高校、大学は別々だ。ただ、毎日のように顔を合わせていた。それだけだ。それだけだが、彼女には強い思い入れがある。小学校に上がるまでは、よく喋っていたし、好きだった時期もあった。いや、今もなのか……。

だからずっと心配していた。父親と母親が殺されてから。まさか、彼女まで……。

「その、条件とは」

モニターが切り替わった。銀色の卵形の車が映し出された。見たことのない型だ。

『これが現在、君が乗っている車だ。君にはこれから、この車を操作してもらう』

それだけ？

そんなはずがなかった。男は説明を続ける。

『君がいるその道路は一直線に二十キロ続いている』

「二十キロ……」

『もうじき、その車は走り出す。アクセルはない。足元にあるペダルは、ブレーキだ』

次の言葉に、孝信は息をのんだ。

『そのブレーキを踏んだ途端、彼女のいる部屋に毒ガスが流れる仕組みになっている』

「……毒ガス」

『そうだ。幼なじみの命を救ってやってくれよ。君の腕にかかっている。車の運転は得意かな？』

時々乗る程度だ。得意とは言い難い。それよりもまだ、心の準備が整っていない。

本当にそんなことが今から……。

生か死をゲーム的な条件で決めるなんて、どうかしている。この国は。

『ハンドル操作、状況判断、そして反射神経の三つが必要とされる。ブレーキを踏まずゴールできれば、彼女を助けよう。だが勿論《もちろん》、君にも危険はある。下手をすれば、君が死ぬことだってある』

最後の言葉に孝信は硬直した。

再び彩華がモニターに映る。

「お願い。助けて本橋！」

目が、死にたくないと訴えかけている。

「わ、分かってる」

ソワソワとしながらも、頷く。当然だが、彼女を救えるのは自分ただ一人。条件を拒否することは許されない。

やるしかない。だが未だ覚悟ができていない。事態が急すぎる。

自分が死ぬことも……。

『では早速始めようか』

孝信は反射的にハンドルを握りしめる。力を入れ震えをごまかす。ブレーキペダルから両足を遠ざけた。

瞬きせず、ただ一点を見つめる。緊張がピークに達した時、車のエンジンがかかった。孝信はその音にビクつく。この数秒間でもの凄《すご》い体力を奪われた。

『準備はいいかな？』

呼吸を、整える。

始まる。始まろうとしている。孝信は声を出せなかった。

『それでは、成功を祈る』

それが男の最後の言葉だった。卵形をした小さな車は、急加速で動き出した。あまりの勢いに孝信の頭が前に持っていかれる。すぐに体勢を直し前方を見つめる。五秒も経たないうちに、スピードメーターは80を示していた。アッという間にスタート地点から離れた。

風圧で微《かす》かに揺れる車体。孝信は全神経を集中させ、ハンドルで調整する。モニターからは、彩華の視線を感じていた……。

更にスピードは上昇し、メーターは100で止まる。風を切る音が、エンジン音を包む。孝信はハンドルを微妙に動かしながら車体を真っ直ぐに保つ。とにかく何もない三車線の道路。前方に赤い看板が見えてきた。

一キロ地点通過。

だが、まだまだ先は長い。

目の端にブレーキペダルが入る。何が何でも踏まずにゴールしなければならない。

モニターから、彩華の声が聞こえてきた。

「本橋……ごめん。私のせいでこんなことに」

孝信はしっかり前方を見ながら返す。

「気にするなよ」

とは言うが、内心ビクビクだ。できれば話しかけてもらいたくない。

「お父さんが、悪いのよ」

孝信はそれを否定した。

「一概に、責めることはできないよ。お父さんだって、辛《つら》かったんだ。こんな仕事はしたくないって、最後までそう言ってたよ」

特に、施設から一緒に帰ってくる時。ため息を吐きながら呟《つぶや》く台詞《せりふ》はいつも同じだった。

本橋君はどう思うね？

いつの日かの出来事を思い出す。

しばらくの沈黙。

「ねえ。大丈夫？」

孝信は我に返った。

彼女から優しい言葉をかけられたのは何年ぶりだろう。こんな状況なのに、ふと考えてしまった。

あれは確か中学三年の時。同じクラスだった彼女が高熱でしばらく学校を休んだ。その間、授業のプリントを毎日届けた。ようやく学校に出てきた彼女から、礼を言われた。恥ずかしそうに、ありがとうと。あれ以来か……。

「俺は、大丈夫。そっちは？」

「今のところは」

「よかった」

一瞬、彼女と目を合わせた。すると今の今まで優しかった彩華の態度が一変した。

「ちゃんと前見てよ！」

叱咤《しった》され、

「は、はい！」

と思わず敬語で返してしまった。

小学生の頃、今と全く同じ言葉を彼女から言われたことがある。ドッヂボール大会の時だ。余所見《よそみ》していると、彼女の怒声が飛んできた。

あの日から十余年、彼女の命を背負うことになるなんて、誰が予測しただろう。

「お願いだから前だけを見てて」

声はハッキリと届いている。しかし孝信は返事ができなかった。

看板には二キロ通過の文字。注目すべきはそんなところではなかった。思わず、ハンドルを握る手に更に力が入る。再び、指先がじっとりと濡《ぬ》れる。孝信の異変に、彩華は気づく。

「どうしたの？」

下手をすれば、君が死ぬことだってある。

男が言っていた意味。

「そういうことか……」

「え？　何？」

前方に、数台の黒い車が見えてきたのだ。一定の間隔で三車線に配置されている。避けて通らなければならないという訳か。ブレーキを踏まず。

孝信の表情が鋭く変わった。

「集中させてくれ」

車の速度が、10キロ上昇した。現在１１０キロ。みるみるうちに前方の車に近づいていく。よく見ると道を塞《ふさ》いでいるのは五台。車内には、運転手がいない。どこから操作されているようだ。孝信は瞬時に通れそうな通路を探し、真ん中車線から右にずれた。

　交じり合うエンジン音。孝信を乗せた車は群に突っ込んでいく。緊張で、押しつぶされてしまいそうだった。

　一台、二台、ぶつからないよう、慎重に。一気に三、四台。スピード調整はできない。忙《せわ》しなくハンドルを動かし、隙間《すきま》を縫うようにしてかわしていく。目の前を走る最後の車を、上手《うま》く避けて群の先頭に出た。追い抜かれた車たちのスピードがグンと落ちる。バックミラーを確認し、孝信はよしと呟き、ドッと息を吐き出す。右手を一《いっ》旦《たん》離し、指先の汗を拭《ふ》く。左手も同様に。ハンドルが、湿っているのがわかる。

「大丈夫？」

　気が気ではないといった様子の彩華。

「ああ。何とか」

「気をつけて」

「分かってる」

　休む間もなく、再び前方に三台の車。やはり三車線を占めている。先頭に出ているのは左、次に真ん中。そして右。階段のような配置。左車線を走り、右、真ん中を抜き去って一気に車線変更をする想定をたてる。

大丈夫。やれる。

自分にそう言い聞かせ、孝信は左にハンドルを切る。スピードは5キロ上昇。群との距離が一気に縮まる。

「また何かあるの？」

孝信は彩華の言葉を遮った。

「黙って」

三台の後方を走る右の車を抜き去り、真ん中を走る車の横についた。孝信は前方と右隣を繰り返し見比べる。もう少しで抜ける。そしたら一気に真ん中に車線変更する。そのつもりだった。その時だ。前を走っている車が急に速度を落としてきたのだ。

呼吸が止まる。全身に電流のようなものが走り、カッと熱くなる。無意識のうちにブレーキペダルに足が近づいた。

「くっそ！」

やむなく孝信は右に急ハンドルを切った。タイヤがキュキュッとすり減る。真ん中の車を完全には抜き去ってはおらず、車体の後方が軽くぶつかった。孝信の身体が左右に激しく揺らされた。すぐに体勢を整える。運良く、車は横転せずに済んだ。

「ふざけやがって……」

「どうしたの！」

「いや、大丈夫。ちょっと危なかったけど」

「……よかった」

魂まで抜けてしまったかのような声。彼女の安堵《あんど》が伝わってくる。

「ねえ本橋」

前方を注意しながら返事する。

「なんだ？」

彩華の口調が、急に深刻になった。

「もし本当に危なかったら、ブレーキ踏んで」

「え？」

彼女らしからぬ言葉だった。

何が何でもゴールしてくれ。どちらかといえば、そう言うはずだった。

いつも強気で、多少自己中心的な部分がある彼女が……。

「心配しなくていい。必ず助けるから」

助けなければならない。彼女の父親のためにも。

優しく言い聞かせ、安心させてやった。

孝信は、四キロという文字が書かれた看板を通り過ぎた。残り十六キロ。冷静に考えてみれば、スタートしてまだ三分少々だった。次の関門に突入したのは、その直後だった……。

「うん？」

休む間もなかった。孝信は目を凝らす。俯《うつむ》いていた彩華がスッと顔を上げる。

「今度はなに？」

孝信は慌てる。しかしスリップしないよう慎重にハンドルを左に切った。先の景色が急に途切れたように見えたのは、真ん中、右車線の通路が何本もの鉄柱に塞がれていたからだ。通れるのは左車線だけ。

何とかその場を凌《しの》ぐ。しかしそれで終わりではなかった。今度は左車線の前方が塞がれている。真ん中も同様に。空いてるのは右。時速は１２０キロまで上がる。スピードに恐れが芽生えたのはこの頃からだった。鉄柱まで約百メートル。すぐに右車線にずれなければならなかった。身体を傾けながらハンドルを回す。反射的にブレーキを踏んでしまわないように、両足を交差させ、後ろにひっこめておく。通り過ぎてもまだ気は抜けない。今度は真ん中にずれ、再び右。そして大きく左に移動させられる。孝信の運転する車は波を描くように突破していく。徐々に神経がすり減っていく。一瞬たりとも目を離せない。瞬きすら許されなかった。彩華の心配する声が耳には入っているが、答えてなどいられなかった。

右車線。左車線。鉄柱の間隔がほんの少し狭まったように感じるのは気のせいか。速度が速度だ。いつ衝突してもおかしくなかった。反射神経だけが頼りだ。

タイヤをすり減らしながら、一つひとつ避けていく。まるで映画のワンシーンのようだった。だがこれは紛れもない現実。死と、隣り合わせ。猛スピードで駆け抜けていく。

最初の鉄柱を越えてから、どれほど走ったろう。途中に看板があっただろうか。二キロ半くらいだろうか。ようやく通常の道に戻る。

額や顔は脂汗だらけ。右手を離し、袖《そで》で拭《ぬぐ》う。

「お願い。無理しないで」

スピーカーからそう聞こえた矢先であった。バックミラーが、チラリと光る。何事かと確認すると、後ろから一台の大型バイクが追いかけてくる。ドッドッドッドッド、と低温マフラーを響かせながら。

「今度は何だ！」

冷静を保っていた孝信は苛立《いらだ》ちをあらわにする。

「本橋？」

後ろに注意を払いながら、

「変なバイクがきやがった」

とだけ言って、口を閉じた。とうとうバイクが背後にベッタリとくっついたのだ。それだけでかなり走りづらかった。何を仕掛けてくるのか分からない。乗っているのは半ヘルメットの、革ジャンを着た大きな男、としか分からない。後ろにばかり気を取られてしまう。キョロキョロと動く孝信の視線を彩華は見逃さなかった。

「落ち着いて！」

その言葉にハッとなり、前方を向く。すると再び、数台の車が目に飛び込んできた。囲まれた！　と思いきや、バイクが右横に移動してきた。すぐ隣に位置づけたのだ。

ほんの一瞬、首を動かす。

バイクを操作している人間と、目が合った。

その間、一秒も経っていない。それなのに孝信は違和感を感じた。もう一度表情を確認する。

顔は、人間の造りだ。身体も。しかし、人間ではない？　瞳《ひとみ》が、ピカッと青く光った。ニヤリと口を動かすのだが、その動きが不自然だ。

サイボーグ？

「マジかよ」

前方を見ながら小さく口を動かす。孝信の車は相手の車に向かっていく。一台、二台、三台。スイスイと抜いていくが、真横にいるバイクが目障りで仕方ない。

「おい！　どけよ！」

引き下がる訳がないだろうと言わんばかりに、今度は目の前に位置づけ、右、左と小刻みに揺れながら走行しだした。そのせいで視界が遮られる。

「くそ！　見えねえよ！」

孝信はパニックに陥る。上半身を乗り出し、ハンドルを操作する。次に現れたのは、十台以上の車。微《かす》かにスペースはあるが、この速度でブレーキは踏めない。バイクだって走っている。割って入って群を抜け出すのは困難だった。こうなればもうやけくそだった。

一か八《ばち》か！

孝信は右車線に入る。前の車との距離がぐんぐん縮まっていく。それでも避けなかった。再びバイクが後方につく。孝信は、相手の車とガードレールとの幅を目で測る。

やるしかない！

更にハンドルを右に動かし、ガードレールすれすれの所を走行する。左横に、車が並んだ。

しっかりと見ろ！　目を瞑《つぶ》るな！

車体がガタガタと揺れる。両サイドから、シュンシュンと風の音がなる。

もう少し！

その時だ。孝信は極度の緊張に耐えきれず、微妙に手を動かしてしまった。そのせいで、右のサイドミラーとガードレールがぶつかった。ヒッ、と孝信は悲鳴をあげる。ガシャン。一瞬にしてサイド部分は折れ曲がり、ミラーが割れた。そのまま強引に突破。車を抜いた孝信は右車線の中央に戻り、残りの二台をかわし一息ついた。だが、バイクはしつこかった。後方、左横、前方。ちょこまかと動き回る。孝信も忙しく位置を変えるが、こちらにはアクセルがない。どうしても振り切れない。

「この野郎！」

孝信の目が血走る。突然、狂気が芽生えた。

「ぶっ殺してやる！」

こんな感情、生まれて初めてだった。極限状態に陥った時の自分を知った。

都合良く、前方に車が二台。真ん中の車線が空いているが、右車線からあえて左車線にハンドルを切る。相手の車との距離は百メートルもない。つられてバイクも横からスッと移動してきた。

今だ！　タイミングを見計らい、孝信はすぐにハンドルを右に回し真ん中に入った。

孝信の身体が左右に揺れる。車体とバイクが激しくぶつかったのだ。

バイクは右車線を走っていた相手の車と衝突し、派手に地面に倒れた。鈍く、大きな音が車内にまで響いてきた。

「よし！」

孝信は小さく拳《こぶし》を握っていた。バックミラーには、もうバイクの姿はなかった。

「本橋！　大丈夫！」

孝信は心強く頷《うなず》いた。

「任せろ。絶対に最後まで走ってやる」

いつしか、九キロ地点を通過していた。残り約半分。だがその看板も、目で追うのがやっとだった。知らぬ間に、スピードメーターは１３５を示していたのだ。

急に、恐ろしい映像が脳裏をかすめた。

この車内から早く抜け出したい。怖いという言葉を、孝信は必死にのみ込んでいた……。

エンジンの音は、完全にかきけされていた。まるで暴風の中を突き進んでいるようだった。脳が、今の速度に限界を感じている。視神経が、疲労のピークに達していた。ただ、速い。いくら何でもこれ以上は対応しきれない。車を真っ直ぐに保つのがやっとだし、辺りの風景を認識できないのだ。

彩華が何かを言っているようだが、孝信は口を開くことすらできない。目を剝《む》いて、運転に集中する。早くも十二キロ地点を通過した。残り八キロ。時間にすればあと三分強か？　しかしそのほんの僅《わず》かな秒数が、もの凄《すご》く長い。

平常心。もう少し。条件をクリアすること。そして彩華を助けることだけを考える。しかし、すぐに気持ちが切り替わった。十四キロ地点手前。急に視界が悪くなる。道路全体が霧に、いや煙に包まれたのだ。これも障害の一つ？　どこまで続いている。全く分からない。

怒りの感情すら出せなかった。思いっきり身体を乗り出し、前方を確認するのがやっとだった。十分危険を感じている彩華からは、気を付けて、の一言がかけられた。ほんの微かである。前方右車線に、今までとは違う車が見えた。まだ距離はあるが、視界に入った途端ギクリと反応し、ブレーキに足を近づけてしまった。助かったのは、速度が上がらなかったこと。135キロに変わりはないが。

モヤモヤとした白い煙の中から、相手の正体が現れた。何トンかは分からない。だが大型トラックに間違いはなかった。七、八十メートルの車間を維持したまま、同じ速度で走行している。

悪い予感がする。

孝信はトラックのいる右車線から真ん中にずれた。

その時である。

中に人間がいるのか。トラックの荷台の扉が突然バッと開いた。すると、大きくて黒い……タイヤが転がってきた。

「マジかよ！」

初めのそれは運良く避けなくて済んだ。しかし、二つ目からはそうはいかなかった。タイヤは不規則に動きを変えてくる。当然、頭で瞬時に判断し、ハンドルを切れる訳がない。

賭《か》けであった。勘を働かせ、衝突しないことを祈りながらかわしていく。タイヤは次々と荷台から落ちてくる。バウンドしながら襲いかかってくる。崖《がけ》から岩が崩れ落ちてくるように……。

派手には動けない。このスピードで無理にハンドルを切れば、軽く横転する。それでもブレーキを踏むつもりはない。

一つ、また一つ。タイヤは孝信の車体の真横スレスレを通っていく。

生きた心地がしなかった。いつ死んでもおかしくない状況だった。

早く終わってくれ。心の中でそう叫んだその時、孝信は息をのんだ。今度は、二つ同時に転がってきたのだ。

終わった……。

瞬間的にそう思った。二つの固まりは、孝信目掛けてやってきたのだ。

ダメだ!

しかし、孝信は奇跡に救われた。並んでいたタイヤとタイヤがぶつかり、真っ二つに分かれたのだ。それでもギリギリ間一髪。地面を叩《たた》きながら、二つのタイヤは孝信の車のすぐ横を通っていった。今のが最後だったのか、トラックの速度がガクンと落ちた。追い抜いたと同時に、視界も晴れた。孝信は肩の力を抜きすぐさま構えた。今度は、真っ暗なトンネルが見えてきたのだ……。

孝信は、明かりのない筒の中に入り込んだ。車内が急に暗くなったせいで、彩華が驚きの声を上げる。

「何！」

「大丈夫」

自分が真っ直ぐ走れているのかすら分からない。頼りなのは、出口の光。もう少し目が慣れれば随分違うのだが……。

視界のことばかりに気をとられていたせいで、孝信は油断していた。

目の前がいきなり赤く光る。ヒヤッと全身に冷たいものが走った。

孝信は咄嗟《とっさ》にハンドルを動かしていた。タイヤがキュッと地面とすれる。身体が激しく揺れる。スリップ、もしくは横転しても不思議ではなかった。

真っ黒い物体が横に並んだ。

赤い光はブレーキ灯だった。前方に相手の車がいることにも全く気づかなかった。

少しでも反応が遅れていれば、突っ込んでいただろう。

相手との差は広がっていく。だが、トンネル内を走っていたのはその一台だけではなかった。更に二台。最初のような危険はなかったものの、かわす度に冷や汗をかいた。

アッという間にトンネルを通過する。外の明かりが眩《まぶ》しく、孝信は目を細める。残り四キロ半くらいか。

「もう少しだから」

しかしそこで再び速度が上昇した。

140キロ。5キロの差は明らかだった。目先の景色は流れるようにしか見えない。

ハンドルが小刻みに震え、腕に負担がかかる。必死に恐怖を押し殺す。

どれだけ逃げ出したかったか。だが、更なる危機が、既に彼には迫ってきていた……。

「あとどのくらいなの」

いてもたってもいられないといった様子の彩華の声。

「残り」

孝信は言葉を切った。遠方に見えるあるモノ。

「本橋?」

それが何なのか気づいた瞬間、心臓がドクリと波打った。

「おい……」

慌てて真ん中から左に車線変更する。

猛スピードでこちらに迫ってくる物体。

相手の車が、逆走してくるのだ。

そう認識した時には、すれ違っていた。

風と共に車は消え去る。

風圧で、閉めきっている窓ガラスが響いた。

目の端にチラリと映った相手の車に、身体が固まってしまった。

孝信の口元が震える。

なぜ自分が走っているのか。どうして彩華が国に囚《とら》われているのか。全ての理由が吹っ飛んだ。

彩華の叫び声は耳には届かない。あれこれ考えている余裕などなかった。次から次へと、車が逆走してくるのだ。残り四キロだというのに、孝信は忽《たちま》ち弱気になった。

相手が瞬間移動してくるようだった。

避けられる、自信がない……。

ただ何とか手だけは動いていた。自分を、彩華を守ることは忘れてはいない。

一台、また一台。

緊張は途切れない。右に動けば次はそこへ。真ん中に移動しても同じこと。ひっきりなしに向かってくる。

誰も助けてはくれない。自分の力に全てがかかっている。だがしかしもう限界だった。精神が保《も》ちそうにない。それでも、クリアしなければ……。

シュン、シュン、シュン。目に入るのは、車の残像。

右、真ん中、左。そしてまた右。立て続けにかわす。小さな悲鳴を洩《も》らしながら。

早い段階で相手を発見し、衝突を避ける。

今度は真ん中からだ。ハンドルを左にもっていく。既に次に備えていた。

十分注意したつもりだった。しかし、枠内の右に寄りすぎてしまっていた。それに、気がつかなかった。

しまった！　その時には、車は消えていた。

接触する、寸前だった。

孝信の背中がゾクッと凍り付いた。

もう勘弁してくれ……。

そう呟《つぶや》いた時、孝信は目を疑った。

気のせいか。三車線から同時に三台やってきているのは。

このままではどこにいても衝突する！

しかしブレーキは踏めない。だがそしたら……。

孝信は、咄嗟に判断し、左車線と真ん中車線の中央に位置づけた。

すり抜けられるか。しかしこれしかなかった。

相手はどこからか操作されている。車内には人間は乗っていない。当然、躊躇《ためら》いの様子などない。同じスピードで迫ってくる。

瞬く間に、三台は目の前に。そして、すれ違う。

ぶつかる！

孝信は、あまりの怖さに目を瞑《つぶ》ってしまった。その間、0秒台。ガラスが割れる音にビクつき、瞼《まぶた》を開けた時には、三台は既に遠くにいた。

すれ違う際、孝信の車の左サイドミラーが破損した。完全に通れる隙間などなかったのだ。

両ミラーを失った孝信の車はひたすら一直線に進む。

あと二千メートル。

このまま終わってくれ……。

切なる願いだった。しかし、孝信の思いとは裏腹に、スピードは更に5キロ上昇。

145キロで突っ走っていく。

「もうちょっと。大丈夫だから」

「……うん」

声を振り絞り、心配する彩華を安心させる。

と同時に、孝信は仰天した。

全長何メートルあるのだ。未《いま》だ先頭が確認できない。まるで列車のような、タンクトレーラーが現れたのだ。左車線を占拠している。が、ただ走っているだけ。危険とは思えなかった。しかし何かあるのでは。

もしそうだとして、残りの距離は僅《わず》か。ここを乗り越えれば、ゴールが見えるのではないか。

孝信は表情を引き締める。

何とかここまでやってきた。

助けられるぞ。

ほんのあと少しで、彩華に手が届きそうであった……。

トレーラーのスピードも１３０近くはあるか。徐々に先頭に向かっていく。急な仕掛けに備えて、孝信は右車線にいた。

しかし当然の如く、このままクリアはさせてくれなかった。

前方真ん中、右車線から、小さな点が視界に入る。それは忽ち大きくなって向かってくる。

　まただ。二台の車が逆走してくる。しかも今度は、小刻みに左右に揺れながら。間をすり抜けられそうにない。

　左はタンクトレーラーに塞《ふさ》がれている。

　どうする。孝信はあるところに目をつけ、すぐさま行動に出た。

　真ん中に移り、更にハンドルを左に切った。高さは十分にある。孝信はタンクの下に隠れたのだ。心臓が、縮み上がった。

　耳を塞ぎたくなるようなトレーラーの走行音。そして影に包まれる。狭い間隔の中を進んでいく。前は見えにくいが、何とかかわすことができた。

　このままタンクの下にいれば安全だろう。しかしそうもいかなかった。同じスピードで走行していないため、タンクのつなぎ目に近づいているのだ。一旦《いったん》、出なければならない。だが、怖かった。真ん中と右の先は死角になっている。車線変更した矢先、逆走車とぶつかる映像がちらついたのだ。

　つなぎ目は迫ってきている。覚悟を決め、思い切ってハンドルを右に動かす。

　孝信はホッと息をついた。が、それは衝突しなかったから。

　安心はできなかった。またもや二車線からやってくる。タンクのつなぎ目を越え、身を潜めるようにトレーラーの下に入り込んだ。

ビュン、という音が耳に飛んできた。

大丈夫だろう。孝信はすっかり油断していた。外に出ようとした刹那《せつな》、再び逆走車が通り過ぎた。孝信は慌ててハンドルを戻す。

タイミングが、分からなくなった。

いつ出ればいい……。判断できない。

迷っていたその時、次々と黒い物体が目の端に飛んできた。数十台もの車が流れるように過ぎていく。それは十秒ほど続いた。動物の群が駆け抜けていくようだった。

また出なければならない。タンクのつなぎ目だ。二車線空いているが……。

孝信は意を決す。しっかりと目を開け、真ん中に移る。脱出成功。

「頑張って本橋！」

彼女の声が勇気へと変わる。異変は、その直後に起きた。右車線に、斜め左に向いている矢印が一定の間隔で記されている。

これが示す意味……。

三車線から、二車線になるということだ。

段々と右車線は切れていき、とうとう車線は二つとなった。

この先、何が待ちかまえているのか……。

考えている間もなかった。またしても一台だ。孝信は三度、右から左のタンクの下へ。そして、右に戻る。ようやく、トレーラーの先頭が見えてきた。

その時だ。孝信は遠方に目を凝らした。残り千二百メートルくらいか。この先、またしてもトンネルがある。しかしよく見ると、入れるのは右車線のみ。トレーラーの走る左車線は途中で切れている。向かっているのはトンネルの外壁。それなのにもかかわらず、スピードが緩まる気配がない。

巻き込まれやしないか……。

トンネルまで、約五百メートル。孝信は右車線を突っ走る。トレーラーの先頭に徐々に近づいていく。こんな時に限って速度が上昇しない。孝信は前と左を何度も見比べる。

「お願い本橋！　頑張って！」

四百、三百五十。

行ける！　そう確信した。しかし、まだ難関は残っていた。トンネルの中から、逆走車が突如現れた。

まずい！

タンクの下に入れるスペースは……まだある！　が、最後の一両だ。スピードはこちらの方が速い。下手をすれば、先頭部分とぶつかる。それだけじゃない……。

やるしかない！　孝信は勇気を振り絞り、タンクに寄っていく。そして、スッと入り込んだ。

先頭部分まで、距離がもうほとんどない。落ち着け。落ち着くんだ……。

孝信は右足を小刻みに動かす。

まだか！

シュン。相手の車が目に映った瞬間、右車線に戻った。先頭部分と衝突する直前だった。孝信はトンネル内に逃げ込む。同時に、トレーラーは外壁と激突し、大爆発を起こした。

地響きが、身体に伝わる。後ろから、爆音が響いた。バックミラーが、炎に染まった。

助かった、と孝信はため息を吐き出した。

だが、まだ油断はできない。最後の最後まで、気は抜けなかった。

トンネルは、二百メートルほど走ると出口が見えた。車内に明かりが戻る。

ゴールまで、五百メートルくらいか。一車線の道路の先には、もう何も見えない。

そこで、孝信は肩の力を抜いた。

終わったんだ……。

「水野」

彼女の顔がハッとなる。孝信は安心した様子でこう言った。

「どうやら、もう大丈夫そうだ。助かったよ」

その言葉を聞き、彩華はガクリと首を落とした。そしてこう呟《つぶや》いた。

「よかった……」

彼女は、泣いてるようだった。

「ありがとう、本橋」

孝信は優しい笑みを浮かべた。

「ああ」

一時はどうなるかと思った。

だが、これで二人とも……。

「ん？」

孝信の表情が鋭く変化したのは、一分後のことだった。

「どうしたの？」

条件の二十キロは、とっくに過ぎている。それなのに、車の速度は一向に落ちない。

「変だな……」

彩華の顔が曇る。

「何？」

「止まらないんだ。車が」

「え？　どうして！」

孝信は首を横に振る。

「わからないよ」

緊張と焦りが入り交じる。

しばらく様子をみたが、やはり状況は同じだ。

「やっぱダメだ。止まらないよ」

「止まらないって、どうするのよ！」

「しらねえよ！」

つい、怒鳴ってしまった。沈黙する二人。孝信の耳に、ピッピッピッピという小さな音が聞こえてきた。

「何？　この音」

彩華が耳を澄ます。孝信は車内をクルリと見渡した。が、目につくモノは何もない。

その時だった。スタートする前に条件を出してきた男の声が聞こえてきた。

『ゴールおめでとう。ここまでブレーキを踏まないとは……大したもんだ。見事な運転技術だった。こちらまでハラハラした』

そんなことより早く車を止めてくれ。

だが男の次の言葉に、孝信と彩華の頭は真っ白になった。

『しかし残念だな。その車はあと二分少々で粉々に吹っ飛ぶ。爆弾が仕掛けられているんだよ』

その瞬間、サーッと血の気が引いた。

「爆、弾……？」

孝信の表情が強張《こわば》る。彩華は、我を失う。

『冗談などではないぞ』

孝信は開けた口を閉じた。自分が言おうとした台詞《せりふ》だったからだ。

嘘、なんかじゃない……。

一秒、また一秒とカウントされていく。

「は、話が違う！　二十キロ走れば、ゴールだと言ったじゃないか！」

孝信の訴えは、簡単に片づけられた。

「そうだったかな？　ではルール変更だ。自分が助かりたければ、ブレーキを踏み、車から逃げろ。そう、踏めばいいんだよ」

男は、語尾を強調した。

孝信は、ハンドルを力一杯叩《たた》きつけた。

「くそ！」

初めからこうなることは決まっていた。

どの選択をとっても、どちらかが犠牲になる……。

『自分の命を守るか、幼なじみを救うか。究極の選択だな。残り一分十五秒。よく考えるんだな』

そこで、男の声が途切れた。

「おい……」

反応は、ない。

「おい！　おい！」

顔の見えない男が、どこかでほくそ笑んでいる映像が浮かぶ。孝信の怒りは最高潮に達する。

彩華は、放心している。鳴りやまない機械音。秒数が刻まれるたび、心臓に強く響く。

爆発する……。

ゾッと恐怖がこみ上げる。

猛スピードで直線を走る車体。どうすればいいんだ。パニックに陥る孝信。いい案が思いつかない。

そうだ。試されているということはないか？　このような状況の時、人間は自分を守るか、それとも他人を助けるか……。

そう思い込むことで、楽になりたかった。

男のあの口調。そしてこの二十キロまでに起きた出来事。

嘘を言っているような気がしない。もしブレーキを踏まなければ……。

でも踏んでしまえば。

残り一分を切っているはずだった。

いい考えはないのか！　心の中でそう叫んだその時、ずっと俯《うつむ》いていた彩華が、下を向いた姿勢のままボソリとこう言った。

「本橋……もういい。逃げて」

「え？」

「私のことはいい。ブレーキ、踏んで」

「でもそれじゃあ」

「本橋が犠牲になることはない。本橋には、何の罪もないんだから」

「それは水野だって」

彩華は、首を横に振った。

「お願い。逃げて」

孝信は正確でないカウントダウンをする。あと四十五秒。

「早くして！」

彩華の怒鳴り声。孝信はブレーキペダルにジリジリと足を近づけた。自分が生きるか、彼女を守るか、両方の気持ちがぶつかり合う。

「本橋！」

孝信はブレーキペダルを一瞥《いちべつ》する。額から汗がポタリと垂れる。

靴が、ブレーキにちょこんと触れた。しかし、孝信は一線を越えることができなかった。右足の力を、抜く。

どうしても踏めなかった。自分の手で、彼女を死なすことはできなかった。

「何やってんの！」

孝信は、弱々しくこう呟いた。

「ダメだ……踏めない」

「早く！　死んでもいいの？」

今のままでは自分が死ぬ。ハッキリと認識している。なのに、いや、だからなのか、孝信は小さい頃を思い出していた。

幼稚園児の頃から、あまり友達を作ろうとはせず、外で遊ぶのではなく、家にこもりゲームばかりをしていた。小学、中学、高校も基本的には変わらぬ生活。テレビゲームをし、パソコンをいじり、机に向かう。そんな毎日を繰り返していた。大学に上がった頃には、研究職につこうと決めていた。その夢は、叶《かな》ったのだが……。

孝信は現実に引き戻された。そしてモニターに視線を移す。

過去を振り返り、今改めて気づいたことがある。

いつも自分の瞳《ひとみ》には、彩華が映っていた。彼女を意識しだしたのは小学生の頃か。ただ一度も思いを伝えたことはない。性格は正反対だし、何より彼女に相手にされていなかった。単なる幼なじみ。その程度だったと思う。そう分かっていても、好きという気持ちは止められない。気づけば彩華を眺めていた。

高校、大学。別々ではあったが、朝、顔を合わせたり、帰ってくるのが偶然一緒だったりした時は嬉《うれ》しかった。

軍事施設に飛ばされ、嫌な毎日を過ごしていたが、彼女の父親から彼女の話が出ると心が弾んだ。

水野彩華は、隣に住んでいるただの幼なじみだ。だからそう感じるのか、いつも傍にいたような気がする。彼女は、自分にとって大切な人なのだ。

残り二十秒。

孝信は、ブレーキペダルから足を遠ざけた。

最初から決めていたではないか。何が何でも踏まないと。

「本橋！　お願いだから言うことを聞いて！」

孝信は、その口調に懐かしさを感じた。

彩華らしかった。自分の思い通りにならないと、人にすぐ命令する。何度経験したことか。

「本橋！」

孝信はしっかりとハンドルを握りしめ、ただ前を見つめる。

残り十秒。

最後に、言っておきたいことがあった。

「水野」

「何！」

孝信は躊躇《ためら》った後、口を開いた。

「俺は……水野が」

その直後、彩華の声がスピーカーから途切れた……。


あの日から、早くも十日が経った。空には真っ赤な夕日。無数に立ち並ぶ墓石が紅色に染まる。

墓地に、人の影が現れる。辺りに響く足音。水野彩華は、「本橋家之墓」で歩を止めた。そしてゆっくりと屈《かが》み、持っていた花束を静かに供えた。

目を閉じ、手を合わす。すると、暗闇から浮かび上がってきた。

モニターに映る本橋の顔が。

耳に、爆発音が響く。彩華はハッとして目を開けた。魂まで抜けるような深いため息を吐く。

どうして、私が生き残っているの。

本橋が最期に残したあの言葉。

『俺は……水野が』

あの時は、パニック状態に陥っていて、その意味がよく分からなかった。

本橋はタイムアップになるまでブレーキを踏むことはなく……。

爆音と同時に通信が途絶え、閉じこめられていた室内には自分の叫び声が虚《むな》しく響いていた。

男の手により扉が開かれ、自分は車に乗せられた。錯乱していたため、車中での出来事はあまり憶《おぼ》えていない。泣きわめいていたか、暴れていたか。我を取り戻したのは、車が停まった時。空に舞い上がる黒煙。所々に散らばった鉄やガラスの破片。燃え上がる小型車。視界には、無惨な光景が広がっていた。

ドアを開け、道路に降り立つ。彼の名を叫びながら、本橋の許《もと》へ走り出していた。

しかし、周りが炎に包まれていて近づけない。生きていてくれることをひたすら願った。

数分後、消火活動が終わり、本橋の遺体が運び出された。ボロボロになった衣服。血だらけの身体。残酷すぎて、見ていられなかった。

その時、本橋の最期の台詞《せりふ》を思い出した。

そこで初めて、彼の気持ちを理解した……。

学生時代、冷たい言葉を言ったことがある。そっけない態度をとったことがある。いや、そちらの方が多かった。家が隣というだけで、変な噂を広げる男子生徒たちがいたからだ。それが嫌で、本橋とはあえて距離をおいていた。しかし彼はいつでも優しかった。それなのに私は……。

自分の命を犠牲にしてまで、助けてくれるなんて……。

花束を見つめていた彩華の胸がジンと熱くなった。涙が溢《あふ》れ、頬にこぼれた。

「本橋……ごめん」

自分にとって、こんなにも大切な人がすぐ傍にいたなんて。気づくのが遅すぎた。

だがもう、本橋は帰ってはこない。いくら泣いても、過去には戻れない。

私はこの先、懸命に生きる。あの時の怒りを、絶対に忘れない。

十年、二十年、もっとかかったとしても、必ずこの国に復讐《ふくしゅう》する。

彩華は、一枚のミニディスクを取りだした。この中には、父が残した核のデータが詰まっている。父は全てのデータを消去したと言った。しかし、彩華が取っておいたコピーがまだ残っていたのだ。

これを使って、必ず恨みを晴らす。家族のために、本橋のために。

殺気に満ちた彩華の表情が和らぐ。

「また来るね」

彼にそう言って、立ち上がる。

彩華は力強く、歩き出した……。

本書は二〇〇八年五月、小社より刊行されたホラー文庫『ブレーキ』を再文庫化したものです。

ブレーキ

山田悠介《やまだゆうすけ》

平成27年 6月25日　初版発行
令和7年 7月15日　10版発行

発行者●山下直久

発行●株式会社KADOKAWA
〒102-8177　東京都千代田区富士見2-13-3
電話　0570-002-301(ナビダイヤル)

角川文庫 19170

印刷所●株式会社暁印刷
製本所●本間製本株式会社

表紙画●和田三造

●お問い合わせ
https://www.kadokawa.co.jp/（「お問い合わせ」へお進みください）
※内容によっては、お答えできない場合があります。
※サポートは日本国内のみとさせていただきます。
※Japanese text only

ISBN978-4-04-102924-4　C0193

◇◇◇

角川文庫発刊に際して

角川源義

第二次世界大戦の敗北は、軍事力の敗北であった以上に、私たちの若い文化力の敗退であった。私たちの文化が戦争に対して如何に無力であり、単なるあだ花に過ぎなかったかを、私たちは身を以て体験し痛感した。西洋近代文化の摂取にとって、明治以後八十年の歳月は決して短かすぎたとは言えない。にもかかわらず、近代文化の伝統を確立し、自由な批判と柔軟な良識に富む文化層として自らを形成することに私たちは失敗して来た。そしてこれは、各層への文化の普及滲透を任務とする出版人の責任でもあった。

一九四五年以来、私たちは再び振出しに戻り、第一歩から踏み出すことを余儀なくされた。これは大きな不幸ではあるが、反面、これまでの混沌・未熟・歪曲の中にあった我が国の文化に秩序と確たる基礎を齎らすためには絶好の機会でもある。角川書店は、このような祖国の文化的危機にあたり、微力をも顧みず再建の礎石たるべき抱負と決意とをもって出発したが、ここに創立以来の念願を果すべく角川文庫を発刊する。これまで刊行されたあらゆる全集叢書文庫類の長所と短所とを検討し、古今東西の不朽の典籍を、良心的編集のもとに、廉価に、そして書架にふさわしい美本として、多くのひとびとに提供しようとする。しかし私たちは徒らに百科全書的な知識のジレッタントを作ることを目的とせず、あくまで祖国の文化に秩序と再建への道を示し、この文庫を角川書店の栄ある事業として、今後永久に継続発展せしめ、学芸と教養との殿堂として大成せんことを期したい。多くの読書子の愛情ある忠言と支持とによって、この希望と抱負とを完遂せしめられんことを願う。

一九四九年五月三日

角川文庫ベストセラー

パズル　山田悠介

超有名進学校が武装集団に占拠された。人質となった教師を助けたければ、広大な校舎の各所にばらまかれた2000ものピースを探しだし、パズルを完成させなければならない!?　究極の死のゲームが始まる!

8.1 Horror Land　山田悠介

ネットのお化けトンネルサイトで知り合ったメンバー。心霊スポットである通称「バケトン」で肝試しをするために、夜な夜なバケトンに足を運んではスリルを味わっている――そう、あのバケトンに行くまでは!

8.1 Game Land　山田悠介

デートで遊園地にきたカップルは、ジェットコースターに乗り込んだ。その途端、「今から生き残りレースを始めます。最後の一人になるまで続きます」とアナウンスされた。果たして残酷なそのゲームとは!?

スイッチを押すとき　山田悠介

自らの命を絶つ【スイッチ】を渡され、施設に閉じ込められている子供たち。監視員の南洋平は、四人の〝7年間もスイッチを押さない子〟たちに出会う。彼らと共に施設を脱走した先には非情な罠が待っていて。

ライヴ　山田悠介

火曜の朝に始まった、謎のTV番組。『まもなくお台場よりレースがスタートいたします!』。予測不可能なトラップに、次々と脱落していく選手たち。彼らが命を賭けて、デスレースするその理由とは!?

角川文庫ベストセラー

オール　山田悠介

一流企業に就職したけれど、やりがいを見つけられずに辞めてしまった健太郎。偶然飛び込んだ「何でも屋」は、変な奴らに、変な依頼だらけだった。ある日、メールで届いた依頼は「私を見つけて」⁉

オールミッション2　山田悠介

生意気な後輩・駒田と美人の由衣が仲間に加わり、毎日が落ち着かない健太郎。そのうえ、相変わらずおかしな依頼ばかり。健太郎はだんだん由衣のことが気になってきたが、駒田も由衣を狙っている⁉

スピン　山田悠介

ネットで知り合った、顔を知らない6人の少年たち。「世間を驚かせようぜ！」その一言で、彼らは同時刻にバスジャックを開始した！　目指す場所は東京タワー。運悪く乗り合わせた乗客と、バスの結末は⁉

パーティ　山田悠介

小学校から何をするのも一緒だった4人の男子は、ずっと守っていた身体の弱い女の子を、大人にだまされ失ってしまう。それから幾月——彼らは復讐を誓い神嶽山に集合する。山頂で彼らを待つものとは⁉

モニタールーム　山田悠介

無数のモニターを見るだけで月収百万円という仕事に就いた徳井。そこに映っていたのは地雷で隔絶された地帯に住む少年少女たちの姿で——⁉

角川文庫ベストセラー

アバター
山田悠介

高校2年生で初めて携帯を手に入れた道子は、クラスを仕切る女王様からSNSサイト〝アバQ〟に登録させられる。地味な自分の代わりに、自らの分身である〝アバター〟を着飾ることにハマっていく道子だが⁉

キリン
山田悠介

天才精子バンクで生まれた兄弟——兄は天才数学者への道を歩むが、弟の麒麟は「失敗作」として母と兄から見捨てられてしまう。孤島に幽閉されても家族の絆を信じる麒麟の前に、運命が残酷に立ちはだかる！

名のないシシャ
山田悠介

人間の寿命を予知し、運命を変える力を持つ名無しの少年は、少女・玖美から〝テク〟という名前をもらう。しかし永遠に大人にならないテクと成長していく玖美の間には避けられない別れの運命が迫っていて⁉

グラスホッパー
伊坂幸太郎

妻の復讐を目論む元教師「鈴木」。自殺専門の殺し屋「鯨」。ナイフ使いの天才「蝉」。3人の思いが交錯するとき、物語は唸りをあげて動き出す。疾走感溢れる筆致で綴られた、分類不能の「殺し屋」小説！

マリアビートル
伊坂幸太郎

酒浸りの元殺し屋「木村」。狡猾な中学生「王子」。腕利きの二人組「蜜柑」「檸檬」。運の悪い殺し屋「七尾」。物騒な奴らを乗せた新幹線は疾走する！『グラスホッパー』に続く、殺し屋たちの狂想曲。

角川文庫ベストセラー

氷菓　米澤穂信

「何事にも積極的に関わらない」がモットーの折木奉太郎だったが、古典部の仲間に依頼され、日常に潜む不思議な謎を次々と解き明かしていくことに。角川学園小説大賞出身、期待の俊英、清冽なデビュー作！

愚者のエンドロール　米澤穂信

先輩に呼び出され、奉太郎は文化祭に出展する自主制作映画を見せられる。廃屋で起きたショッキングな殺人シーンで途切れたその映像に隠された真意とは!?大人気青春ミステリ、〈古典部〉シリーズ第2弾！

クドリャフカの順番　米澤穂信

文化祭で奇妙な連続盗難事件が発生。盗まれたものは碁石、タロットカード、水鉄砲。古典部の知名度を上げようと盛り上がる仲間達に後押しされて、奉太郎はこの謎に挑むはめに。〈古典部〉シリーズ第3弾！

遠まわりする雛　米澤穂信

奉太郎は千反田えるの頼みで、祭事「生き雛」へ参加するが、連絡の手違いで祭りの開催が危ぶまれる事態に。その「手違い」が気になる千反田は奉太郎とともに真相を推理する。〈古典部〉シリーズ第4弾！

ふたりの距離の概算　米澤穂信

奉太郎たちの古典部に新入生・大日向が仮入部する。だが彼女は本入部直前、辞めると告げる。入部締切日のマラソン大会で、奉太郎は走りながら心変わりの真相を推理する！〈古典部〉シリーズ第5弾。

角川文庫ベストセラー

GOTH
夜の章・僕の章　乙一

失はれる物語　乙一

サンブンノイチ　木下半太

ゴブンノイチ　木下半太

ナナブンノイチ　木下半太

連続殺人犯の日記帳を拾った森野夜は、未発見の死体を見物に行こうと「僕」を誘う……人間の残酷な面を覗きたがる者〈GOTH〉を描き本格ミステリ大賞に輝いた乙一の出世作。「夜」を巡る短篇3作を収録。

事故で全身不随となり、触覚以外の感覚を失った私。ピアニストである妻は私の腕を鍵盤代わりに「演奏」を続ける。絶望の果てに私が下した選択とは？　珠玉6作品に加え「ボクの賢いパンツくん」を初収録。

銀行強盗を成功、開店前のキャバクラに駆け込んだ小悪党3人。手にした大金はココで3分の1ずつ分ける……はずだった。突如内輪もめを始めた3人。更にその金を狙う大物も現れ――。大金は一体誰の手に！

ダム湖に死体を運ぶ、男女5人の姿があった。その一人、努は激しく後悔していた。簡単な誘拐で5億もの大金が手に入る筈だったのに。やがて警察に捕まった努。尋問を受けるうち、思わぬ真相が浮かび上がる！

伝説の詐欺師・津田は、かつて自分を裏切った犬島に復讐すべく、若手詐欺師・ブーが持ちかけた宝石奪取計画に協力することに。だがブーが集めたメンバー5人は曲者揃い。果たして7人は、犬島を騙せるか⁉

角川文庫ベストセラー

Another (上)(下)　綾辻行人

1998年春、夜見山北中学に転校してきた榊原恒一は、何かに怯えているようなクラスの空気に違和感を覚える。そして起こり始める、恐るべき死の連鎖！名手・綾辻行人の新たな代表作となった本格ホラー。

ふちなしのかがみ　辻村深月

冬也に一目惚れした加奈子は、恋の行方を知りたくて禁断の占いに手を出してしまう。鏡の前に蠟燭を並べ、向こうを見ると――子どもの頃、誰もが覗き込んだ異界への扉を、青春ミステリの旗手が鮮やかに描く。

本日は大安なり　辻村深月

企みを胸に秘めた美人双子姉妹、プランナーを困らせるクレーマー新婦、新婦に重大な事実を告げられないまま、結婚式当日を迎えた新郎……。人気結婚式場の一日を舞台に人生の悲喜こもごもをすくい取る。

僕と先輩のマジカル・ライフ　はやみねかおる

幽霊の出る下宿、地縛霊の仕業と恐れられる自動車事故、プールに出没する河童……大学一年生・井上快人の周辺でおこる「あやしい」事件を、キテレツな先輩・長曽我部慎太郎、幼なじみの春奈と解きあかす！

モナミは世界を終わらせる？　はやみねかおる

高校生の萌奈美は「おまえ、命を狙われてるんだぜ」と突然現れた男にいわれる。どうやら世界の出来事と、学校で起きることが同調しているらしい。はたして無事に生き延びられるのか……学園ミステリ。

角川文庫ベストセラー

時をかける少女〈新装版〉　筒井康隆

放課後の実験室、壊れた試験管の液体からただよう甘い香り。このにおいを、わたしは知っている――思春期の少女が体験した不思議な世界と、あまく切ない想いを描く。時をこえて愛され続ける、永遠の物語！

さいはての彼女　原田マハ

脇目もふらず猛烈に働き続けてきた女性経営者が恋にも仕事にも疲れて旅に出た。だが、信頼していた秘書が手配したチケットは行き先違いで――？　女性と旅と再生をテーマにした、爽やかに泣ける短篇集。

翼をください　(上)(下)　原田マハ

空を駆けることに魅了されたエイミー。日本の新聞社が社運をかけて世界一周に挑む「ニッポン号」。二つの人生が交差したとき、世界は――。数奇な真実に彩られた、感動のヒューマンストーリー。

鴨川ホルモー　万城目学

このごろ都にはやるもの、勧誘、貧乏、一目ぼれ――謎の部活動「ホルモー」に誘われるイカキョー（いかにも京大生）学生たちの恋と成長を描く超級エンタテインメント!!

ホルモー六景　万城目学

あのベストセラーが恋愛度200%アップして帰ってきた！……千年の都京都を席巻する謎の競技ホルモー、それに関わる少年少女たちの、オモシロせつない恋模様を描いた奇想青春小説！

角川文庫ベストセラー

今夜は眠れない　宮部みゆき

中学一年でサッカー部の僕、両親は結婚15年目、ごく普通の平和な我が家に、謎の人物が5億もの財産を母さんに遺贈したことで、生活が一変。家族の絆を取り戻すため、僕は親友の島崎と、真相究明に乗り出す。

夢にも思わない　宮部みゆき

秋の夜、下町の庭園での虫聞きの会で殺人事件が。殺されたのは僕の同級生のクドウさんの従妹だった。被害者への無責任な噂もあとをたたず、クドウさんも沈みがち。僕は親友の島崎と真相究明に乗り出した。

いつかパラソルの下で　森　絵都

厳格な父の教育に嫌気がさし、成人を機に家を飛び出していた柏原野々。その父も亡くなり、四十九日の法要を迎えようとしていたころ、生前の父と関係があったという女性から連絡が入り……。

死者のための音楽　山白朝子

死にそうになるたびに、それが聞こえてくるの——。母をとりこにする、美しい音楽とは。表題作「死者のための音楽」ほか、人との絆を描いた怪しくも切ない七篇を収録。怪談作家、山白朝子が描く愛の物語。

エムブリヲ奇譚　山白朝子

旅本作家・和泉蠟庵の荷物持ちである耳彦は、ある日不思議な〝青白いもの〟を拾う。それは人間の胎児エムブリヲと呼ばれるもので……迷い迷った道の先、辿りつくのは極楽かはたまたこの世の地獄か——。

角川文庫ベストセラー

きみが見つける物語
十代のための新名作　スクール編
編／角川文庫編集部

小説には、毎日を輝かせる鍵がある。読者と選んだ好評アンソロジーシリーズ。スクール編には、あさのあつこ、恩田陸、加納朋子、北村薫、豊島ミホ、はやみねかおる、村上春樹の短編を収録。

きみが見つける物語
十代のための新名作　こわ～い話編
編／角川文庫編集部

放課後誰もいなくなった教室、夜中の肝試し。都市伝説や怪談――。読者と選んだ好評アンソロジーシリーズ。こわ～い話編には、赤川次郎、江戸川乱歩、乙一、雀野日名子、高橋克彦、山田悠介の短編を収録。

きみが見つける物語
十代のための新名作　不思議な話編
編／角川文庫編集部

いつもの通学路にも、寄り道先の本屋さんにも、見渡してみればきっと不思議が隠れてる。読者と選んだ好評アンソロジー。不思議な話編には、いしいしんじ、大崎梢、宗田理、筒井康隆、三崎亜記の傑作短編を収録。

きみが見つける物語
十代のための新名作　切ない話編
編／角川文庫編集部

たとえば誰かを好きになったとき。心が締めつけられるように痛むのはどうして？　読者と選んだ好評アンソロジー。切ない話編には、小川洋子、萩原浩、加納朋子、川島誠、志賀直哉、山本幸久の傑作短編を収録。

きみが見つける物語
十代のための新名作　オトナの話編
編／角川文庫編集部

大人になったきみの姿がきっとみつかる、がんばる大人の物語。読者と選んだ好評アンソロジーシリーズ。オトナの話編には、大崎善生、奥田英朗、原田宗典、森絵都、山本文緒の傑作短編を収録。